中國女性文學獎得主

曹明霞 短篇小說集

土豆也叫馬鈴薯

「貓空─中國當代文學典藏叢書」出版緣起

當代中國從不欠缺動盪的驚奇故事，卻少有靈魂拷問的創作自出。從禁錮之地到開放花園，透過自由書寫，中國作家直視自我，探索環境的遽變，以金石文字碰撞出琅琅聲響，讓讀者得以深度閱讀中國當代文學的歸向。

秀威資訊自創立以來，一直鼓勵大家「寫自己的故事，唱自己的歌，出版自己的書」，主張「不論任何人、在任何地方、於任何時間」都可以享有沒有恐懼的創作自由，這正是我們要揭櫫的現代生活根本，也是自由寫作的具體實踐。

期待藉此叢書，開拓當代中國文學的視野版圖，吸引更多中國作家投入寫作，讓自由世界以華文書寫的創作，中國作家的精采故事不再缺席。

「貓空─典藏叢書」編輯部
二〇二二年九月

臺灣版自序／

這個世界會好嗎？

曹明霞

很小的時候，鄰居華家男人鷹鼻深目，嗜酒。酒後不是掂菜刀就是拎斧頭，要劈女人。記憶中他家男孩光著衝進我家，有時是早晨有時是半夜，冰天雪地，嗓音沙啞劈裂：「我爸要殺我媽了！」

——那份驚恐，也一次次嚇裂了我的心臟。長大後極怕驚嚇，極度膽小，應是那時養成的。

有一天，大家還沒吃晚飯，街上傳來呼叫——他媽媽在前面跑，他爸拎著劈柴的大斧後面追。一街人都跑出來看，拉架，勸說，那男人見女人加速了，竟輪圓胳膊投標槍一樣把斧頭擲了出去，好在沒剁著人。再後來的有一天，中午放學時光，他母親服劇毒倒在自家院落，回家的大女兒當場就疼瘋了。

還有一夏姓鄰舍，那男人也奇特，他家上有老母，下面兒女成群，男人只是一普通工人，可他們家一年四季有雞有魚，肉食飄香。幾個女兒花枝招展，老爹老娘冬天皮襖夏天絲綢，他自己也吃成了那個年代少有的胖子。他家是哪來的錢呢？人們納悶兒。

後來知道全憑一張嘴，和腦絡。他會幫A求B，告訴C自己朝裡有人，北京的什麼親戚在做大官。在他的斡旋下，有的人當了兵，有的人轉了正，還有人在北京瞧病住上了院。都是一些難辦的事兒。他的老爹老娘死後還成功埋進那個著名的八寶山。

也有辦不成，露餡兒時。他就東躲西藏，扎花頭巾扮女人逃掉，躲不及時直接跳進豬圈……那時人們管這種行為叫騙子，很痛恨。沒幾年，此方法盛行，且到高層，人們開始豔羡、承認這是一種能耐了。

我曾慶幸沒有生在華家，渴望夏家。

投胎這事兒不由己，沒有人不想過好的生活。可有人一出生就是「羅馬」，而有的人卻終生要當騾馬。回首前塵，半生惴惴，惶恐多憂是常態，而快樂像日子裡的鹽。是文學，她搭救性命般拯救了我。遼闊的閱讀和寫作，讓我沉重的身心有了片刻的輕逸，舒展，自由。也有了一片扎實的大地。

年輕時嚮往樂土，中原一居三十年，見識了北方男人殺伐用斧頭，這裡的人屠宰不用刀。土壤和收成的關係，讓我持久陷入憂傷，那是一種身在泥淖，有力使不上的絕望。

寫此篇自序時，窗外，正秋陽燦爛，馬路上卻闃無一人——生活跌進了魔幻大片樣的戲劇，這麼好的陽光，只有幾個「大白」和「紅箍」可享，其他人不許下樓。「特殊時期」，手機被迫加入了許多群，群裡見識了許多平時沒有機會打交道的人。一個短視頻，一年輕男子正崩潰般的自搧耳光，左手狠抽左臉，右手猛打右邊。下面是一片呲牙的笑臉，還有人說講究，打掉了口罩還不忘戴上——同胞遭難動物尚且兔死狐悲，這些，還是人類嗎？

有人在罵染冠者是「走地雞」，怪她到處走。這些人對每天免費的揣測幾乎是興高采烈，按著大喇叭的吆喝排長龍，一個一個，毫無挂礙、也毫無心理障礙地張大了嘴，伸上去——魯迅筆下那些麻木的人，他們冷血的子子孫孫，一直活到今天。

還看到一則消息，海那邊那個女作家，她的書不許看不許賣了。而此時，這套書還在編印中，允許賣允許有人閱讀。有一點點慶幸，也有一絲絲羞恥。

這個世界會好嗎？

業餘寫作幾十年，創作過很多種文體，其中最愛的，還是小說。為之嘔心瀝血。那些書中的人物，曾陪我度過許多歲月。文學之於我，是生命的撐持和苟延，她幾乎宗教般，撫慰著我的精神和情感。二〇一五年冬，有幸受秀威之邀，去海那邊走了走，看一看。曾與一出版界令人尊敬的老先生會面，他本身也是很優秀的作家，出版了很多自己和同行的好書。當時，他把一本書平攤開來，放在桌面，中間的書頁柔軟而有韌性，絲綢一樣順滑。老先生慨嘆多媒體對紙介的衝擊，那份敬惜，珍愛，至今讓我難忘。他說文學也是他的宗教。

汽車終止了馬車，是人類的進步。但汽車是要有剎車的，沒有剎車的狂奔是可怕的。拙作文叢，自知是巨浪中的一滴水，一塵沙，讀者有限，稿酬也不可觀。但我心中，還是懷有一份夢想，一份羞澀的，可能會被人嘲笑的希望夢想：未來有一天，某書店翩翩走進一個人，或兩個，他們是關錦鵬李安以及那些熱愛藝術的行家，這套蘊藉著我生命的悲喜之書恰巧與他們相遇，一閱還很會心，嘿，這部小說我要改編她！

——多麼美好！

最近新開頭了一個小說，開篇用了東亞諺語：「河水高漲時，魚吃腐蟲；河水乾涸，腐蟲吃魚」。一個人一生的幸與不幸，與時代的漲落有關，也與自身角色相涉。生在華家好還是夏家妙？端看自身所處的網格。華家那個持斧頭的爹，他掌管著全家人的命運，生殺大權，對他來說，全是好日子。而夏家呢，那些兒女們，老爹們，則顯得幸運。

金魚是需要一泓清水的，蛆蟲熱愛腐灘。當滿天下都是一口大爛泥塘時，那泥鰍這個品種，它一定活得最歡。

網上又在流傳一張圖片，「這個世界會好嗎？」——有人把原來的答案「會的」劃掉，改成了「等通知」。

抬頭看窗外，整整封閉一星期了。群裡大家都在問：什麼時候可以解封呢？什麼時候可以下樓？明天允許大家出門去自己買菜嗎？孩子能不能上學？

還有問俄烏炮火的，問怎麼才能出門治病？去奔喪行不行？

管事的一律回答：不知道，等通知！

所有人的生活，在等通知。

身心疲憊。我關掉電腦再次來到窗前，窗外，秋陽已涼，寒意許許。如果此時可以去戶外走一走，該多好啊！可是不能，暫時不被允許。明天，明天可以嗎？我問蒼天，蒼穹巨石般沉默。里爾克說：「我們必須全力以赴，同時，又不抱持任何希望。」只能如此。

感謝敏如，感謝人玉，感謝秀威，也謝謝和這套書相遇的讀者。

——明霞於二〇二二年九月，河北

目次

看交響樂的女人

人民大會堂。

馬麗直直地仰望著，舞臺上那個背對著她的小個子指揮，兩隻胳膊一夾一夾，同時用力一蹾。馬麗實在領略不出交響樂的妙處，雖然來時的路上，老房告訴她，票價六百，舞臺上的那個指揮，也是重金請過來，有國際外交的面子。「這場交響樂的門票，不是誰拿錢都可以買到的。」老房鄭重地說。

馬麗動了一下，這種直直的身姿，真的是很累。在她的正前方，還有一面一米見方的柱子，遮擋了馬麗的視線。馬麗只能左右地引頸著。

剛剛春天，這麼高穹頂的大會堂裡，還是讓人感到了燠熱。馬麗同時感到她的右臉，有老房目光的烘烤，更熱。老房在對她的一舉手一投足，進行考察，她知道。

「你怎麼不看臺上？」馬麗放下脖子，問老房。老房是部隊的師級幹部，喪了妻。今天晚上，他和馬麗是第二次見面。總看我，不白瞎了門票，我臉上也沒長花。馬麗的內心分明是不滿。

「我喜歡多看看妳，臺上聽聽就行了。」師級幹部是南方人，他的帽簷兒壓得比平日低，臉黑頭小，這使他的腦袋看起來像一罐廣東小菜兒。「音樂會帶個耳朵就夠了，用不著看。」房師長說。今天他穿的是便服，便服的他沒有馬麗第一次見軍裝的師長威儀。穿便服，壓帽簷兒，拿自己當地下黨呢。馬麗又仰起了脖子。

舞臺上，指揮變化了一個姿勢，兩隻胳膊的用力改成一隻手的輕揚了，樂隊前，多了一位拉小提琴的男士。小提琴馬麗同樣不懂，但是她能聽出好聽，是那首耳熟能詳的〈梁祝〉，讓馬麗眼睛一亮的，是拉琴這個人，三七開式的自然鬈髮，黑白相間得體的禮服，適中的個子，不胖不瘦的身材，特別是男子拿弓的無名指上，戴著一枚亮晶晶的白金戒。白金戒本不稀奇，滿天下的男女，只要有倆錢兒，誰都可以戴。可是出現在這隻手上，這隻拉琴的手上，真是巧奪天工啊。指甲乾淨，手指勻稱，配合著那張抵琴的臉，美！美不勝收！這是誰家的兒子？哪個女人的丈夫？怎樣厚福的孩子的父親？馬麗的迷醉裡，帶著幾分豔羨和心酸。

馬麗的兒子也有這麼高了，也有這麼端正的五官，可是兒子跟他爸一樣，才過十八歲，吃喝嫖賭，坑蒙拐騙，放蕩的生活成了他的享樂。

馬麗左腿搭上了右腿，鱷魚嘴式的前鞋尖兒，抵在了前座椅的橫樑上，想到了自己灰心的生活，馬麗禁不住打了個疲憊的哈欠，意識到了旁邊有房師長，在考察她的房師長，她馬上伸手遮住了嘴，同時把哈欠變成了無聲的嘆息。

不看演出，總看我幹什麼呢。你是師長，你就有權力這麼看人吶。馬麗心裡非常不滿，也不舒服，可她還沒有勇氣糾正師長的放肆，索性不管他，再次仰起了臉，全神貫注看臺上。

「顴骨高，殺人不用刀」，馬麗和丈夫初識時，婆婆看她第一面，就給過兒子這樣的忠告。其實馬麗的正面還是挺好看的，高顴骨，顯出眼睛的凹陷，長睫毛，又密又彎，鼻子、嘴巴也都恰到好外，像有歐洲人的血統。「妳不是二毛兒吧？」很多人這樣問過她，馬麗是東北人，黑河，和俄羅斯接壤。在她們老家，二毛、三毛確實很多。

咦，你怎麼還不看演出呢？馬麗的表情似乎很天真，眼睛也睜得很明亮，她真希望通過她的問，友好的問，師級幹部能把臉端正過去，而不是行家相看幾歲牙口的牲口一樣死盯著她看。

不耽誤，不耽誤。老房衝馬麗擺擺手，看妳的吧，看妳的吧，哪兒都不耽誤。

馬麗的右腿已經麻了，又把左腿當成了支架，鱷魚嘴鞋尖兒太長了，無法不抵到前椅的橫樑上。看吧，喜歡看你就看吧，老東西，真是把自己當皇上了，選妃呢，滿天下的女人不夠你挑挑揀揀的了，挑吧，選吧，別搞花了眼。老娘也不是十八歲的小姑娘，還怕你看嘛。馬麗昂起了頭，昂得很有技巧，現在的馬麗側面也不怕看了，她做了美容。馬麗心目中的美人形象是那個姓靳的華裔女商人，在這一點上，小艾跟她正相反。小艾說，那個整容整得一隻眼珠兒都要掉下來的老女人，那麼醜，說話那麼做作，她還成了美的代言人，真是笑話。她哪兒美呀，我看她就像個老妖精。

小艾反對是反對，這並不影響她跟馬麗的交情。馬麗屬兔，小艾屬羊，她倆都信命，命裡說，屬羊的跟屬兔的在一起，吉祥，小艾就不厭其煩地找馬麗，馬麗呢，更相信都是食草動物，羊對兔沒有一點危害，馬麗幾乎只要有空兒就跟小艾摽在一起。讓馬麗疑惑的是，同樣是食草的，人家小艾的命怎麼那麼好呢，丈夫是副師級，長相也不錯，把小艾從東北農村，一步一步，帶到了北京。北京，首都啊。

鈴聲響起，中場休息了。馬麗放下腿，她想去個衛生間。剛才吃飯，她非常奇怪，師長這麼有錢，為什麼請她吃麵條，還是不同種類，很多小碗。馬麗吃不下了，師長一直力勸她再吃一點兒。

按說師長大人不摳啊，第一次見面時，還不知道事兒成不成呢，他就給她帶了一件昂貴的見面禮，然後去的是西餐廳，也沒吃什麼，幹進去七八百，買單時師長眼皮都沒眨。這第二次，也是師長電話相邀，還特意叮囑，不要在家用飯，一起吃。馬麗自單身以來，見過的男人不少，像房師長這樣開局就出手大方的，沒有幾個。男人也都學奸了，商人也好，處級幹部也罷，都是不見兔子不撒鷹的。而剛搭頭，就西餐、交響地這樣破費，除了師長，誰還這麼生猛呢。

這說明師長的份量確實不輕，不然能對那麼多的女人都構成一記重磅炸彈？馬麗也四十多歲了，當聽到小艾說了師長的條件時，她馬上說：「行，行，可以，這個可以。」並且還千叮嚀萬囑咐地，要小艾幫她瞞了兩歲。跟師長見面那天，馬麗說話一直壓著半個嗓，也基本達到了燕語鶯聲。事後小艾問她效果怎麼樣，她直接張開了嘴，說：「看，嗓子都壓破了。」

兩個女人就一起笑。

「人家官兒大，錢是不在乎的。主要是想找個可意的女人。」小艾說。

「是，老婆死了，多難得的機會啊。」馬麗不服氣。

「聽我家那位說，他老婆得了癌症那天起，就有人惦記了，介紹人一直排著隊。不過老房說部隊的他不找，要找地方的。」

「房先生這一時期的工作重點，就是像超女一樣，海選，精選，汰選，也不知我是第幾撥兒的。」

「甭管哪撥兒吧，人家肯定是要選上得廳堂、下得廚房的。」

那一天小艾還進一步開導馬麗，她說：「女人要想有日子，就得練就一副好脾氣，凡事都得忍，日子是忍出來的。女人一切由著自己來，哪個男人也不受，更別說師長了。馬麗妳可記住我的話，其實忍也沒什麼虧兒吃，不就是練得煙不出、火不進，軟皮囊一樣，男人還能怎麼著妳？只要妳好脾氣了，踏實日子也就來了。」

「我家那個，看著是副師級，求他跟我去趟商場，因為工夫長了，他竟把我的衣服扔地上就走了，我從試衣間出來，看他那死德性把營業員都氣笑了。我要跟他一樣的，這日子不早打散了？沒轍，女人妳就得忍，忍一忍，日子也就稀裡糊塗混下來了。」

其實沒有小艾這番話，馬麗也能擺正自己的位置。想要師長家的生活，就要符合師長家的要求，小媳婦、老媽子，馬麗都有思想準備。正是基於此，今天晚上老房讓她吃麵條，長的、短的、粗的、細的，那麼多種，問都不問，就命令服務員一碗一碗端上來，鹹的、辣的，口味也都由他來定。周樸園逼繁漪喝藥，繁漪可以不喝，因為她已經坐穩了老婆的交椅。馬麗不同啊，馬麗現在還是待考察階段，哪敢怕辣、怕鹹？她一口一口，漫無聲息，把麵條送進嘴裡，然後吃不露齒，一點一點吞嚥完畢的。中途房師長問她：「加點醋嗎？」她搖搖頭。如果換了別人，這麼凶狠地折磨她，這麼放肆地盯看她，她早都翻臉了。可是今晚，馬麗一直裝得像個小姑娘，純潔的小女生，被人放肆還是被人欣賞，悉聽尊便。

按說馬麗的生活是不錯的，更不窮。她頭頂那層次分明的大波浪，就花了五六百，加上輕輕挑染的一點酒紅，總共要了她七百塊。一個頭髮，要七百塊，這是一般的女人能捨得的嗎？還有臉，門面，馬麗每天出門，都要花一個多小時，把十幾種小瓶裡的東西，兌過來兌過去，在臉上打了一遍又一遍。即使不出門的晚上，她也要把臉冷水一遍、熱水一遍地反覆清洗，然後施以小瓶裡的各種汁，名曰晚霜。

那些東西抹上去效果確實好，不抹的時候，馬麗的臉接近真實年齡，甚或更老些。而抹完後，皮膚潤澤了，臉上光亮了，無論有燈光、沒燈光，馬麗的臉上都看不到皺紋。一個女人，中年女人，臉上沒有皺紋，那是用了怎樣昂貴的汁液啊。馬麗常跟小艾說：「這女人呀，哪兒不打扮都成，這臉可不能不打扮，不能不下本兒。妳想想，一個女人，哪兒能比臉蛋兒更重要呢。有錢一定要用在臉蛋兒上。」

馬麗不但把錢用在了臉蛋上，也用在服裝上。在區委機關，她永遠都是穿得最時尚、最好看的一個。衣著得體時尚，是馬麗給人的印象。離婚的教訓，馬麗認為自己輸在忽略了女人身分，把自己等同於一般家庭婦女了，才落得今日走單兒的下場。馬麗整容了，化妝了，也捨得投資了。馬麗從仲裁委的副主任升任正主任後，來仲裁的企業老闆們支持了她的消費，也哄抬了她的穿戴。他們有了糾紛不願意找法院，他們願意找政府，花點小錢攻仲裁這一關，有理的、沒理的，債權的、債務的，都來請吃飯，請喝茶，還投其所好請馬麗上商場。馬麗那件白色的聖羅蘭羊絨大衣，就是一家民營老總，在世貿中心用銀行卡刷給她的。

馬麗的日子可以說吃喝不愁，住的是三室一廳福利分房，單位沒有專職配車，可是企業老闆的車常年借給她用，她過的完全算得上中產階級的生活。小艾說如果自己像馬麗這樣，就完全可以不再找什麼婚姻了。

馬麗說：「哪有嫌錢咬手的呢，哪有怕錢多的呢。哪個女人不是有了好日子還想更好？誰誰誰，體育明星，一個廣告就是一億的收入，可她為什麼還嫁了個香港老頭？還有林青霞，也夠有錢的吧，我認為她的錢多得一輩子都花不完，可她為什麼還要選個商人嫁了呢，沒有嫌錢多的！哪個哪個，演員、歌星大腕，聽說就因為女兒出國的十萬塊錢，兩人就離了，再也不說志同道合、窮富不在乎的話了。」

「女人啊，沒有不喜歡錢的，沒有不想過好日子的。妳我都不例外。就說妳吧小艾，如果妳老頭兒不是有錢有勢，他那麼多的毛病，還天天衝妳吹鬍子瞪眼，妳早不跟他過了，是吧。說白了，妳將就他的，就是錢、權，和他師級幹部帶來的好日子，沒有這個，誰也不將就誰。」

「也是。」小艾點點頭。

馬麗是仲裁小艾表妹的一樁美容糾紛時，和小艾認識的。當時小艾開的是丈夫的軍車，沙漠王。小艾一頭短髮，特短，二十年前的張瑜式，夾克，肥褲，軍靴，沒有任何妝容，出手男人一樣大方，好精神的一個女人。冷面馬麗看到小艾，一下子就有了笑容，緣份吧。後來的日子裡，小艾表妹的美容店，成了馬麗的美容諮詢指導中心，小艾則成了她長年免費的心理醫生，有苦就找小艾訴，有話就要小艾聽，不但聽，還積極提供幫助。小艾想，既然馬麗就想找一樁好的婚姻，她自己條件也不差，為什麼不幫她一下呢，恰逢丈夫的上司老房的老婆走了，她馬上就想到了馬麗。

下半場開始後，馬麗有些走神兒了，那個拉小提的，只一曲，就沒了。舞臺上依然是小個子指揮霸占著，一夾一夾，力都用在了胳膊上。合奏、協奏，有什麼區別呢，在馬麗眼裡，那都是一回事。馬麗伸著脖子，向臺上尋找著，那個吹黑管的老頭，頭髮染得烏黑，右手無名指上，也戴了枚白金戒指；如果他的小拇指，不留那截長指甲就好了；還有他的脖子，脖子是真不禁老啊，人老了脖子就先老了。馬麗移開了目光，又瞄上了一位拉小提的女人，第一座，叫首席，這個馬麗懂。女人的年齡不好猜了，離得太遠，她的那頭波浪真不錯，那得是特級燙髮師的傑作吧；瘦臉兒，配長波浪，白脖頸，嫵媚得像個黑精靈。這麼美妙的女人，她的丈夫是幹什麼的呢，她的兒子可不可心呢？她那沉鬱的目光，是不是也沒婚姻呢？

老房的咳嗽聲，提醒了馬麗，她又專注地看起了舞臺。直脖子，昂頭，全神貫注。這黑壓壓的觀眾，有多少是我這種，瞎聽，不懂裝懂的呢？

散場時，帽簷兒已低得扣蓋兒一樣的師長，又用手把帽子壓了壓，這使他的腦袋更像一罐兒廣東小菜了。他表示要提前退場，和馬麗分別出去，然後場東邊計程車那兒會合。

真把自己當大明星了。馬麗一直等到全體演員出場，起立，鼓掌。她是想看看那個拉小提的男子還在不在，奇怪的是，沒有。馬麗站在下面，拍著手，一直等領導接見完演員了，她才慢慢向外走，像個文明的好觀眾。

房師長坐在計程車裡，他沒有招手，但是他小菜罐兒一樣的腦袋，很特別。馬麗朝他的車走過去。

回去的路上，房師長基本沒說話。中間接過一次電話，打他手機的人似乎在跟他約見時間，馬麗猜到又有人在給房師長介紹對象了。老房沒有迴避，臉上有了笑容，說：「這傢伙，我一糟老頭子，跟仲裁的女幹部幹上了，剛才介紹人說，市政府仲裁委的，不過她有個男孩。」

馬麗說：「沒事兒，您可以多看看，多挑挑。現在您有這個條件，我們老家有一句話，叫『窛筐兒就是菜』，那說的是三十年前。」

「介紹是介紹，小馬妳放心，我不會同時談幾個的。我老房不是那種人。我知道大家都是看我職位不錯，剛才這個我不會考慮，有兒子的都不考慮。」

接下來都沒有再說話。計程車在老房的指揮下，先把馬麗送到家門口，然後回軍區了。馬麗和老房說「再見」時，猶豫著該叫他什麼，叫職務離太遠，叫名字有些自作多情。馬麗就沒有稱呼，說聲「再見」，轉身走了。

上樓的時候，聲控開關沒有亮。走到二層時，馬麗腳下碰到一團軟乎乎的東西，嚇得她一聲「媽呀」，把開關震亮了，叫聲也驚得那團軟乎乎的東西，瞬間變成一條長影兒，嗖地躥了出去。是野貓？

怕動物不是馬麗裝小女孩，她確實怕，她曾經受過貓的驚嚇。馬麗曾跟小艾說：「有支槍口對著我，我不怕，而如果向我扔隻死貓，我就完了，不死也得瘋。」

開門的手在哆嗦，這時馬麗的手機響了，她怕樓道裡再躥起不明物，堅持把門打開，一屁股坐在門口的鞋墩上。「喂——」

「馬麗，咋樣兒？」是小艾。

「哎呀，嚇死我了。剛才上樓時有隻野貓。」

「我問妳跟老房談得咋樣？」

「見面說吧。小艾，妳要是沒事兒，來我家吧，晚上住這。反正明天週末。」

「不行，我表妹的小孩兒送過來了，讓我給她看一晚上。老夢不在，要不妳來我家吧，我讓司機去接妳。」

這時馬麗家的座機響。小艾說：「妳先接，我一會兒再打。」

果然是老房。小艾讓線也是猜到老房，小艾是真心想成全馬麗這樁婚姻的。馬麗拿起電話，心裡有些感動，以為老房是關心她到家了沒有。電話裡老房第一句也是這麼問的：「到家了？」馬麗說：「到了，沒事兒。」馬麗後背的冷汗還沒有下去，她聽著老房的電話，熱汗又從背後升起。老房說：「小馬，咱們都不是十七八歲的小孩子了，用不著兜圈子，有話我就直說了，都省事兒。說實話，妳的綜合條件，我還是挺滿意的。長相、個頭、工作、脾氣——」

老房用的是南方普通話，雖然力求準確清晰，但還是Z、C、S不分。馬麗聽他表揚了「雖然」，就知道他接下來要「蛋死」了，果然——「蛋死（但是），小馬，妳有太多不好的習慣。俗話說：『江山易改，秉性難移。』習慣是從哪來的？從小養成的。習慣就是秉性啊。多少家庭就是因為秉性不同，而難以和睦。第一次吃飯吧，西餐，妳沒有用錯刀叉，這說明妳還行，有見識。這回呢，肯定妳也明白，我是故意看看妳，吃麵條，難度可大，嘀哩突嚕，沒有幾個不吃出聲兒的。吃麵條而不出動靜兒，那是教養呢。我看了，妳吃得也挺好，長的、短的，辣的、不辣的，哈氣兒都沒有。說實話，如果妳吃麵條這關不過，剛才那場音樂會，我就取消了，不去看了。」

「可是，聽音樂會，妳的陋習可暴露無疑了。大腿搭二腿，這是一個女人應有的姿勢嗎？搭腿不說，還把前鞋尖兒，杵到了人家的椅樑上……，還有……還有，那個什麼……。」馬麗放下電話的時候，她覺得自己的耳朵嗡嗡的，像小時候挨完父親的耳光。小艾電話再打進來時，馬麗才發現自己依然坐在門口的鞋墩上，鞋子還沒換，腳在裡面已經濕透了。

小艾說讓馬麗去她家，馬麗說不想去了，剛才出汗，風吹，有些頭痛。再加上野貓一嚇，她說她現在的腿還軟。

小艾說：「沒事，我讓司機到樓上去接妳。」小艾說：「今晚妳一定來，我還有東西要送給妳呢。」

行頭不用換，再一次出門，午夜的街道顯得空曠，不堵車了，十幾分鐘，就來到小艾家樓下。年輕的司機依然把馬麗送到樓上，這個勤勉厚道的小司機，相當於小艾的二丈夫，老夢不在的時候，完全聽從小艾的指揮。

「喲，挺靚，震老房了吧？」女人見面，基本從服裝說起。

「隆重獻眼（演），還讓人家給謝了幕。」馬麗強打精神。

「真的？」

「真的。」

「憑什麼呀？咱哪差呀，個頭、長相、工作，還比他小十幾歲。他還不滿意？」

「不是小不小的問題，是習慣、修養的問題。」馬麗拉長了聲調，怪聲怪氣地學著南方普通話。她被淘汰了，在她這麼大年紀的時候，被一個老男人給PK掉，就因為他官兒大。呵呵，剛才的舞臺，她挺努力的呀，一直在拉著架子表演，可還是被人家給刷下來了。小艾急著問她：「怎麼說的？怎麼說的？老房到底怎麼說的？」

馬麗沒有原版複述老房對她的批評，只是輕描淡寫地說：「嫌我大腿架二腿了，嫌我鞋子杵人家前排的凳子橫樑上了，還嫌我分手的時候對他沒有稱呼了。說我不叫他師長，叫他房世銀也行啊。妳說我敢嗎，房世銀，我舌頭一大，聽不清的還以為叫他黃世淫（仁）呢。」

「哈哈哈！」兩個女人終於大笑起來。

馬麗有些樂極生悲，她都笑出了眼淚。小艾說：「拉倒，拉倒，不必為這事兒想不開。實話跟妳說，看著是好日子，裡面有多少蒺藜，只有過的人知道。我家那個，也嫌我這，嫌我那。別的不說，就連尿尿，他都說我聲大。妳說哪有嫌尿尿聲大的？我還沒嫌他聲小呢，一個大老爺們兒。他還嫌我聲大了，妳說多有意思！」

那一晚，小艾為了安撫馬麗沮喪的心，暴出了很多家醜猛料，意即告誡她，凡事有利有弊，日子也如此，享受多少妳就得犧牲多少！

兩個女人聊到快十二點了，馬麗說她該洗臉了，女人不能過了十二點睡覺，那樣太傷皮膚。馬麗用緊膚水拍著臉，拍完緊膚水再敷潤面膏兒，一小瓶一小瓶，都在化妝包裡。她的這些東西就像男人隨身的香煙。小艾突然神祕地說：「哎，光顧說話了，忘了給妳看一樣東西，特地從外面帶回來的。」

馬麗以為是化妝品，或衣服。她看著走向衣櫃的小艾，小艾躬著腰，從櫃子最底層的暗櫥裡，掏出一個盒子，體積還不小，不像衣服，是什麼呢？小艾持著盒子，笑意神祕走向她。噢，馬麗明白了，包裝盒上有一誇張的寫意圖。

這個東西馬麗用過，那是她離婚三年後，什麼化妝品都阻擋不了滿臉的粉刺，一批又一批，小艾幫她聯繫了醫院，那個好心女醫生的建議。

「妳原來的不行，品質太差。」

「用這個。」小艾說。

馬麗第二天走時，天空下起了小雨。春天的小雨，像鱷魚的眼淚，沒有幾滴，就不流了。這個城市太乾燥了，還首都呢。馬麗沒有再讓司機送她，她想自己走一走。老房的那些話，像嚼過的甘蔗，很沒味又很扎心。老房說：「交響樂，那是用來聽的，用得著抻著脖子看嗎？可是妳就一直伸著脖子，瞪眼睛向臺上看。」

「還說喜歡音樂，妳連聽都不會，妳喜歡的是什麼音樂呀。原來我一直以為部隊的女人太單調，沒想到地方女幹部也這樣兒！」

「再說一遍，交響樂是聽的，用心來聽就行了，懂不懂?!」

——「你懂，就你懂，你懂個——」馬麗揚手扔出了手裡的東西，那是小艾用愛迪達包給偽裝起來的人體器官模型，像一副漫畫手槍。馬麗用這一擲，代替了後面的兩個字。

那是兩個民間最粗俗的字眼兒，她想到此，自己都不好意思地笑了。

——二〇二二年四月十六日修訂於河北石家莊

事業單位

老官是我們院長，背後也有人叫他「色鬼」，這可能跟他那雙小且下彎，總呈笑咪咪的小眼睛有關。老官的眼睛不笑也像笑，又飽含深意，笑咪咪和色迷迷實在容易讓人混為一談，至少不那麼好區別。

其實老官的內心，對女人是相當挑剔的，應該說一般的女人在老官的眼裡，都很難讓他動心。不然，我們單位除了前芭蕾舞演員，就是前戲曲藝術家，她們美人遲暮，也都算風韻猶存，老官若真是人盡可色，鬍子、眉毛一把抓，那可真夠他忙一陣的，按他目前的年齡來計算，好像即使忙到退休，他也忙不完。

事實上，老官是死看不上這些女人的，他認為她們沒有文化，太俗。「俗」，是老官評價人的常用字眼兒，不論男女，老官若說了一個字兒——俗，這人在老官眼裡基本就完了。老官認為這些女人當年在舞臺上還好，有個角色的框定，好歹還有些特色和魅力，可是一回到生活中，沒有了藝術的限制，本色出演，特別是現在，年齡一大，連個身段、眼神也不求了，一個一個的也就是個家庭婦女的水準。

尤其是開個會，老官恨死了這些前演員和前戲曲藝術家們，通知上說好三點鐘準時點名，可都三點一刻了，她們才扭搭扭搭，三三兩兩，有的手裡拿著瓜籽，有的腳上穿著拖鞋，打著哈欠發著牢騷，「天天沒事幹，老開什麼會呀?!」睡眼惺忪地來了。

進了會議室，一點遲到的羞愧都沒有，依然老張、老李地打著招呼，見縫插針地坐下來，依然是交頭接耳地說話，好像院裡開會，就是為她們義務組織的沙龍。氣得老官是一肚子的火兒，也只能在心裡罵一罵：「搞藝術的人臉皮就是厚！厚得你拿她們一點辦法都沒有。一天到晚都沒事兒幹，還連個會也不想開，光讓妳們白拿錢了。這些人就欠改革，把她們都革回家，到時候讓她們想開會，都開不成！沒人給她開了。」

可是，若把這些人真都攆回家，這個會也真不好開了，偌大的一間會議室，就剩些咳嗽哮喘的老頭兒們，他們坐在那裡，倒不像女人們那樣喊喊嚓嚓，可他們有另一特點，比如支起一條腿，在椅子上認認真真地摳腳，或歪在椅背上，用小拇指上的長指甲，沒完沒了地剔牙，再就是弄張破報紙，「嘩啦嘩啦」翻過來掉過去地看，好像要全背下來似的。而那些低頭睡著了不打呼嚕只流點口水的老人家，就算好樣兒的了。

老官對我們藝術研究院，真是煩透了，對自己這個破廟裡的窮方丈，也炎涼極了。如果不是那一年院裡新分來了三個年輕人，老官當年，可能就憤而辭職了。

那真是一個美麗的春天，多少年死氣沉沉的研究院，突然飛來了三個年輕人，而且是年輕女人。其中兩人是名牌大學生，一個是退休的局級領導的女兒。兩名大學生就不用說了，分到研究院，充實藝術力量。而那個女兒，是個業大的文憑，到我們單位來，就是看好我們單位整天沒什麼事，又能拿全額工資，說女同志到了事業單位，可以養老。就來了。

局級領導的女兒叫唐詩，老官把她分配到了辦公室，打字。但凡來我們單位要養老的女同志，差不多都是年輕點的先打字，主要工作是對領導；年齡大些的去資料館，較輕閒，也只接待個別來人；只有那再老些的，又老又胖的中老年婦女，就發配去看圖書館了。圖書館是個誰都能進的地方，散亂雜，面向基層大眾。

唐詩真是漂亮啊，一頭天然的栗色頭髮，和時下那些人工染成的黃毛兒相比，天然出眾，色壓群芳。特別是那兩個正在哺乳期的奶子，美啊，什麼胸罩都不戴，就那麼美輪美奐，字正腔圓。在夏季的衣衫裡，讓所有的男人浮想聯翩。

可是聯想歸聯想，那是思想上的事兒，誰都管不著，也管不了。在行動上，沒有人敢動小唐一根毫毛的，因為小唐從來不和別人開玩笑，就是有人說了個挺逗的段子，笑得那兩個女大學生都露出了口腔深處的臼齒，別人更是笑疼了肚子，小唐的臉上一點表情都沒有，沒有笑意。她睜著兩隻好看的大眼睛，定定地看著大家，似乎沒有聽懂。時間長了，大家都認為小唐是屬於商場裡貼了標籤的那類貴重物品：只看勿動的。

可老官對小唐，想動了。

群眾們雪亮的眼睛看出了這一點。

一段時間以來，老官對工作突然有了勁頭。不僅表現在他喜歡給同志們的多開會上，還有他隔三差五就要給上級打報告，要經費，選課題，幹勁很大。我們單位當時只有一臺計算機，就是小唐操作的那臺。老官為了這些報告的準確無誤，他要經常俯身在小唐的背後，親自幫小唐校對修改。

老官是有些道行的，面對那些雪亮的目光，他能做到我自巋然不動，即使有人進來，他也該說話說話，該指點指點，嘴裡的氣息像小颱風一樣，在小唐的脖子以下胸口以上刮來刮去，一副心底無私、光明正大的樣子。

有一天在走廊裡，看著老官那走得年輕而有彈性的步子，和那愈加挺拔的脊背，「看那老色鬼浪的，走道兒都想耍年輕呢。」一位前戲曲演員兼現在的圖書管理員小聲對大家說。

老官是真的被美人小唐，迷住了。他現在連睡覺，腦海裡晃動的都是小唐那兩個炮彈般的乳房。老官希望像當今的許多男人那樣，把小唐納為自己的情人，如果能納情成功，那麼抱一抱小唐那美妙的胴體，摸一摸那對絕對貨真價實的奶子，那都是情理之中的了。可是，老官一直也沒敢輕舉妄動，只是在夢裡，讓小唐多次做了他的老婆。

在清醒的早晨，老官也曾看著天棚問自己：唐詩和自己的女兒差不多，自己這樣是不是有點太畜牲了？思想鬥爭中，他又為自己找理由：憑什麼我老官就要按桌面上的那套道德標準來活著？太虧了點吧。老官知道同志們背後對他的另一個稱呼：色鬼。每想到此，他都不由想起杜十娘的那句唱詞：「可憐我數年來含悲忍淚，卻枉落個娼妓之名。」真是挺委屈的，一輩子快過去了，事實上我老官沒有真正看得上幾個女人。再說了，全天下的男人都在風流，憑什麼我老官就該甘當和尚？況且現在和尚都是花的，前幾天同事們議論說，現在的迪廳裡，又有和尚又有尼姑。

老官想，我也五十多歲的人了，別說退休，就是黃泉路上，又有幾程？回想這一生，還真沒有人讓我這麼魂不守舍過。就是年輕時談戀愛，也沒有這麼熬人啊。老官也是讀過一些書的人，他認為書本上說的那麼多那麼多，其實都不搭杆兒。男女之間，男人對女人的喜歡，最初只有一點，那就是美貌的吸引，肉體的誘惑。「所有男人想要的，只是一件東西。」這句西方諺語讓老官很服氣。總這樣聯想下去也不是辦法，要不，就豁出去試一試？

可怎麼才能成功呢？老官先是回想了一些電影上，男人接近女人的好辦法，請吃飯、喝喝茶、看場電影什麼的，在黑暗的影院裡，先摸女人的手，接下來，再一步一步地升級。可是在一個窄小的影院裡，再升級，能升到哪裡去呢？

老官又從書上，回憶一些男人騙女人的套路，大致也無非還是那幾招，吃吃飯、逛逛商場、買買東西什麼的。看來要想取得女人好感，花些銀子是必須的了。可是老官又想，小唐比較富裕，甚至可以說是奢侈，她腳上的鞋子、身上的包，哪一件都得千八百的，人家是吃過、見過的人，一條項鍊之類，能打動人家的心嗎？人家要是看不起，不要，怎麼辦？要不，買個貴的，鑲鑽石之類的，那鑲點石頭的，哪件不是上萬，剛開頭就走這個行情，那以後可怎麼辦？再說了，我哪有那麼多錢啊，我一個破廟的窮方丈！

——花錢討女人的歡心，那也不是愛情！老官在心裡最後否定了這種世俗的辦法。「要是我還年輕，就好了。」老官在心裡感嘆。

這天快下班時，小唐來給老官送材料。小唐從正面向老官走來，越走越近，直逼垓下。老官平時更習慣於在小唐的身後看小唐，也就是小唐的側畔。現在，這種滿滿的正懷，這麼近的對面，老官好像只有在夢裡才享受過。一剎那，老官真的恍若夢中了，他身不由己地張開了懷抱，伸出了胳膊，沒想到，就真抱住了。

夢裡，沒有隔著桌子，現在，在他和小唐之間，卻橫著他的辦公桌。多虧老官胳膊長，還不算費力，就把小唐抱牢了。真是幾回回夢裡回延安，雙手摟定寶塔山啊。現在，總算摟到了。老官怕小唐的突然掙脫，他兩手的食指就像小唐胸罩上的搭扣兒一樣，在她的後背扣在了一起。嘴裡發出類似「啊啊」拐彎後的「嗯嗯」聲，好像是抱著一個眼生的孩子，邊抱邊「嗯嗯」地安撫：別認生別哭鬧，我不是壞人。

小唐沒有發出任何響聲，就那麼一動不動地站著，看著老官。接下來，老官不知是該把小唐拎過來，還是自己走過去，反正這樣隔著張辦公桌，肯定是不行的。可是，無論是小唐過來，還是老官過去，操作的難度都很大，小唐不是小孩兒，老官可以從桌子上一提溜就抱過來，小唐個子很高，老官深知自己沒這功夫。若老官繞過去，那只有先把小唐放開，放開了手他的腳步才有可能挪動，那樣的話，能不能有勇氣再抱上，老官的心裡沒有底。如果自己能在拳不離手、曲不離口的情況下飛身一躍，就跳過這該死的桌子，就好了。可是，老官知道這也不可能，自己沒這飛簷走壁的本事。正在老官為難之際，有人敲門。

敲門只是象徵，未經請進就推門進來了。是前戲曲演員兼圖書管理員。面對推門而入的圖書管理員，老官道行高深，他沒有驚慌失措，小唐定力也不淺，她也紋絲沒動。稍動的，只有老官的那雙手，從小唐的後背，轉移到了他面前的桌子，用手撐著桌沿兒，一副公事公辦的架勢。此時，老官在心裡，還是感謝這隻討厭的桌子的。

圖書管理員是來找院長簽字的，報銷圖書的運費，裡面也可能有幾張她回家的的士費。她想趁老官心情好，能馬馬虎虎過去，換票變錢。

可老官看了一眼那歪歪扭扭的幾個小字，就笑咪咪地把它放到了一邊兒，說：「明天再說吧。好吧。明天再說。」

老官沒有請圖書管理員坐一會兒的意思，圖書管理員只好像她進來時那樣，「咚咚咚」地走了。老官起身去關門，他同時也就走出了他辦公桌後的那塊狹小天地，這種超越順理成章。讓老官沒有想到的是，當他再次抱住小唐，並把手指當牙到小唐的乳頭上咬了兩咬時，小唐竟然，對他笑了一下。

小唐願意！這是老官的判斷。

老官原本在出手的一剎那，還想過：小唐要是躲閃怎麼辦？罵他老流氓怎麼辦？連哭帶嚎跳到走廊大叫怎麼辦？或者直接抽他一大耳光怎麼辦？現在，一切都沒有發生，老官沒有不得寸進尺的道理，他要動真格的了。可更讓老官想不到的是，面對他嬰兒吮奶般急切伸上來的嘴，小唐竟真的哺乳嬰兒的母親一樣，把衣衫給撩起，讓老官噙住了。

繼續深入？老官試問著自己。反正走廊也沒人了，現在都已經下班了。老官的欲望又一次戰勝了膽怯，稍稍讓老官有顧慮的是小唐的表現，這有點太出乎意料了，就是那些人老珠黃的女人，你動她的時候，她也要扭捏一下兩下的，可這個美人兒小唐，何以如此大境界，竟沒有任何掩飾和推諉？老官心裡那個感動啊，暢快喲，可老官畢竟不是小唐要哺育成長的嬰兒，這從他吃奶的角度和姿勢上都充分說明。應該說無論老官把小唐抱住，還是現在又噙住，老官最終的目的，是要把小唐抱到他辦公室裡間的那具床上，來一場實拍，實拍一回他夢裡編劇導演兼演員演過的那些真實片段。

老官邊噙著小唐，邊往他辦公室套間的那張床退去，小唐也只能緊緊相隨。在這種亦步亦趨的倒退前進中，老官是非常艱難的，因為他那不肯放鬆的嘴使他近乎是90度的大彎腰，眼睛還看不見腳下的路。可老官還是有一些技巧的，他真的在拳不離手、曲不離口的條件下，就把小唐，拖到了床沿。順手，又把小唐挪向床心，放平。

這時，老官才鬆了口，直起腰，雙手抵在自己的腰間，出了一口長氣。看著床上的勝利果實，露出了大功基本告成的微笑。

從小唐被抱，到被噙，她始終都是瞪著兩隻好看的大眼睛，眨都沒眨一下，就那麼定定地，看著老官。現在，仰躺在床上，她依然還是那副表情。老官回想起小唐剛才的一笑，不對啊，那一笑好像並不含色情的成分，倒類似一個人被碰到了癢處而不由得嘴角一彎，眼睛都沒轉一轉。現在，老官把她擺好在床上，她那睜著眼睛的睫毛，像兩排小問號：你要幹什麼？

這時的老官，真有些企望小唐能有點動作了，哪怕是搧他個耳光，或罵他兩句也好啊，要不，接下來的戲，老官一個人，是真的不好演了。俗話說：「一個人不喝酒，倆人不耍錢。」小唐沒有任何表示，我老官這一個人的悶酒可怎麼喝得下去喲！

小唐是一個標準的仰位，她呆呆地望著天花板，對老官來到腰間破城門的兩隻手，沒有一點配合或反抗的意思。小唐其中的一隻手還掐著那沓要送閱的材料，而另一隻，在閒著，她連象徵性地阻擋一下，也沒有。像局外人一樣，袖手旁觀。

小唐穿的是一條非常昂貴的白色西褲，腰帶也是仿鱷魚皮的那種，非常地精美。老官有點猶疑了，甚至生出了一絲驚懼，他似乎覺得，不應該是這樣，怎麼會是這個樣子？老官解腰帶的手，有點遲緩下來，不像開始衝向乳房時那般迅捷了。可一條腰帶，畢竟不是一座城門，老官幾乎不費吹灰之力，一切就盡收眼底了。

老官終於看到了他想看的地方，老官近距離地目睹了他曾經神往了多少個時日的所在。可是接下來，老官就像那些辛苦的考古學家一樣，費了大力氣打開，卻發現，墓已失盜。他只能痛心地，又小心翼翼地，把這座萬人垂涎的寶藏，給悄悄地，合上了。

上帝啊。老官發出了西方人才有的慨嘆。

老官扶小唐起來送她出門，嘴裡說著：「對不起，對不起。」老官此時，手裡扶著的，真像是自己的女兒，一個有病的孩子。老官的內心，充滿了悲涼。

太可怕了，太可怕了。老官送走唐詩，開始收拾辦公桌上的東西。其實也沒什麼可收拾的，不像人家政府部門，文件、報紙、電話、傳真。老官的辦公桌上，只有一摞過期的破文件。老官每每收拾這些東西回家，都要湧起無限悲憤：清水衙門混去了我的藝術青春啊！

老官拎起他那隻綠色的帆布兜子，老官沒有像如今的許多領導那樣，西裝、手機、黑皮公事包，老官就長年的這樣拎著那隻綠色帆布兜子，勇敢地上下班，出出進進。老官沒有乘電梯，他悄悄地在走廊的另一端步行口，下樓快速消失在暮色中了。

老官在很長的一段時間裡，都顯得落落寡歡，雖然他長著一雙不笑也像笑的眼睛。他不再去打字室幫小唐校對材料，他現在才明白，小唐的大腦，是有毛病的。太可惜了，這樣一個美人胚子。不久，老官就讓大學生宋詞接替了小唐的工作，安排小唐，去資料室了。

老官放棄了小唐之後，曾有過一段時間的清心寡欲，他甚至暗下決心不再考慮男女問題。為免自己再犯類似的錯誤，他安排了長得不好看的小宋進打字室，而沒有安排容貌佳麗的小元。

宋詞和元曲就是春天時分來的那兩個大學生。小元長得漂亮，由此心高氣傲，她公然地說現在的事業單位就是養廢物的，她說她到這裡來只不過是個過渡，暫時找個單位，用不了多久，她就要調走，進國家機關。小宋呢，人長得不好看可是卻絕頂聰明，外語過六級的就有兩門，還寫得一手好字，水筆字。女孩能寫一手大氣的書法，應是紅粉中的才女了。可惜小宋就是長得太難看了，眼睛小，鼻子塌，皮膚還黑。造物主真能拿人開玩笑啊。

時間長了，老官又覺得鬼精的小宋沒有那麼難看了，打幾回交道，發現小宋還真是有點可愛了。這時的老官，下定的決心又有點動搖了。他想，從古至今，有出息的男人，哪個沒有仨妻倆妾？帝王將相，風流才子，到如今這天下大亂，毛澤東時代對待男女關係要給脖子上掛破鞋呢，遊街示眾，都沒能消滅男女欲望的火種，如今環境這麼寬鬆，組織上基本不管，法律也沒什麼明文規定，更不在掃黃打非之列，一個大老爺們兒，一生只守一妻，也太窩囊了，更對不起這個大好時代啊。

老官就是在這種複雜的心裡背景下，又考慮第二個女人的。老官的第二個考慮對象，當然是身邊的小宋。這一小道消息是圖書管理員發布的，大家將信將疑。不久，大家果然發現是圖書管理員在扯長老婆舌，因為大家看出，老官再次感興趣的，是貌美的小元。

小元雖然沒有小唐那頭栗色的頭髮，可她有一張白得像玉一樣溫潤的臉，膚色非常好看，這和小宋的黧黑形成鮮明對比。小元也是名牌畢業，有著一切名牌院校畢業生的優點和毛病。她天生麗質，可她沒有固定的男朋友，好像小年輕的她一個都看不上。後來老官才知道，敢情小女子一直不嫁，是心有所屬，正跟一個局級官員死守。怨不得口氣那麼大，有這麼大的領導撐腰啊。而且這個局級直接主管老官的研究院，這一信息的獲得使老官出了一身冷汗，差點太歲頭上動土，好險。

恰在這時，他聽到了小宋的一句玩笑。這天早晨，宋詞來到辦公室，她對正在陸續進門的同事們說：「昨天，我聽到了一句妙語，太好玩了，不但好玩，還能指導我們婦女姐妹真正地翻身得解放。」

大家急問：「什麼，什麼，快說，快說。」

小宋說：「當強暴是不可避免的時候，女士們，那就要抓緊享受。」

「哈哈哈哈，哈哈哈哈！」全屋的人都笑了，無論男女，無論老少，老官當然也笑了，他笑得儘量節制，不能像下屬們那樣開心。小宋的這句話就像快樂炮彈，引爆得空氣都笑了，色情又不算下流，有點風騷但還不讓人噁心。「呵呵呵呵！」越琢磨越好玩啊，大家笑完了，還有人在餘笑，由衷心生的笑。這有文化的女人，和那沒文化的女人就是不一樣，說個色情話，都讓大家開心。小宋彷彿一杯濃茶、咖啡、禁品有味，快樂提神兒，全屋的同事們都為她的話精神抖擻起來。老官就是在那一瞬間，責備自己有眼不識金香玉的。

老官開始像三顧茅廬的賢達，一趟一趟地去宋詞的辦公室，談工作，談苦悶，有時還談談，事業單位的改革，比如讓同志們的坐班時間如何與職稱掛鉤，不能一年都見不著一面，混幾個年頭，就混成了正高級。還有那些一點事兒都不幹的老女人們，也不能連個會都不願開，就月月拿著全額的工資。老官說到這兒的時候，總要長嘆一聲，說：「咱們院，同志們要是都像妳的素質這麼高，我也就不這麼犯愁了。」

後來，老官下班也跟小宋是同路，小宋雖然還是個未婚的姑娘，可她和老官談起話來沒有一點年齡、婚姻的障礙。特別是關於男女的段子，小宋一路上能講出三四個，且都是獨家的，甚至可以說是絕版，老官聽了真舒服啊，精神健康，身心通泰。老官真想就這樣一輩子地慢慢騎下去，永遠也不到家。可是，正應了愛因斯坦的那句相對論，老官越是感到快樂，這快樂的時間越暫短，夕陽下，老官已到了自己該走的正路，他要直行，才是回家的路，而小宋，則該拐彎，老官再順路，也不能順到人家小宋的家裡去吧，所以老官只能目送著小宋拐了彎兒，離去。而他自己，則在夕陽的光輝裡，獨自一人，騎剩下的那段寂寞旅途。

小宋到底對我有沒有點意思呢？一個人的時候老官經常這樣問自己，要說沒有，老官是不服氣的，小宋和他談論的話題明明很大膽，很有挑逗性的，就連說到具體的男女生殖器官，小宋都沒迴避過，而且她也說過，當強暴是不可避免的時候，女人要抓緊享受。這一切都說明，小宋不是思想陳舊的人，當代的年輕人，可愛就可愛到這點上，思想創新，敢為先賢。什麼男人有家沒家、已婚未婚，只要是值，就敢來。可是，小宋嘴上是這麼說的，思想上也是這麼開放的，可具體到行動的時候，她好像並不那麼言行一致。老官能清楚地回憶起有兩次，一次是在自己的辦公室，老官的手伸向小宋的胸的時候，恰逢小宋一轉身，好像要回身找什麼東西，老官的手就給轉到了後背，小宋回過身時看老官的手還停在那兒，她笑著用她的兩隻小手，給接了過來，她托著老官的兩隻大手，邊欣賞邊說：「官院長您真不愧是搞藝術的，看您這兩隻大手的手指，就是彈鋼琴的，太捧了。」小宋說著還像有眼光的藝術家一樣拿著那兩隻手左看看右看看，說：「您要是一直彈下去，說不定現在就是中國的理查了。」然後給送回原處。

老官說：「可惜我從了政。個子也不夠高。」

小宋說：「常言不是說嘛，濃縮就是精華，你看那又高又壯的男女，不是缺心眼兒，就是傻大個兒，哪個能比得了矮個兒的？國外有拿破崙，一代軍事天才，國內有我們的小平同志，大政治家。先別說這些傑出的，就是往那常人的堆兒裡看去，也總是矮人聰明。」小宋說：「你看咱們院，哪一個不比你高，可哪一個不是受你管，由你來領導？」

那一天小宋的一席話又說得老官很舒服，舒服得他的兩隻手，就那麼一直在自己的兩條腿上趴著，都忘了再次的行動。

還有一次，是在下班的路上，小宋該拐彎了，老官突然提出：「這麼熱的天，要不要坐下來喝上一杯？」

小宋說：「不了，我現在剛上班，錢還少，不能請您，等我有錢了，我請您去『真鍋』吧。」老官說：「小宋，我請客，出了咱們單位，我就不再是院長，妳也不是我的下級，咱們是朋友，忘年交吧。」看小宋猶豫，老官又說了一句：「信不過我老官？」

小宋笑了，她說：「喝就喝唄，天這麼熱，還有人請客，我正巴不得喝上一杯呢。」

在老官的提議和引領下，小宋順著老官回家的路，又跟他騎了一段。據老官說，在前不遠處，那家冷飲廳，是目前北京不錯的一家。

一個雪球16元，一杯鮮榨20元，小宋看著自己面前的這兩個吃和喝的東西，心裡有點後悔：這個玩笑開大了，怎麼能讓老官花這麼些錢？老官畢竟是自己的領導，而且老官是唐山人，在院裡是著名的摳門，妳看老官自己，只要了一個5元的可樂。再說自己除了想早點破格弄上個副高級，又沒有想真跟他怎麼著的意思，怎麼能讓他這麼破費呢?!小宋把那杯鮮榨推給老官，請老官喝，她說她只吃一個雪球就夠了，她不愛喝這個。其實，她平時最愛喝的就是鮮榨。

老官以為她真不願喝，就自己喝下了，怕那杯可樂浪費，老官也一口氣喝下。出來的時候，老官無意中說出了他愛人不在家，好像隨哪個劇團演出去了，老官請小宋到家裡坐坐。老官還是用了信不過那句話，小宋這一次沒有開玩笑的意思，她說她爸爸在家等她呢。

老官一路上都在琢磨，來院填表時小宋的父母是在外地啊，怎麼一下子就冒出了個爹呢，還在家等她。是找的藉口吧？這時，老官不由得拿她對比起小唐，比起小唐，小宋是多麼難得啊，如果還是傻子一個，長得再好，男人能有什麼興致呢，男女之間畢竟不是一個人的獨角戲啊。小宋的婉拒使老官堅定了追她到底的決心，小宋明明是有意的，只不過是有文化的女人要矜持些，要加些籌碼罷了。要不，就先給她破格晉個副高？實在不行，把黨也給她入了，解決她政治前途問題，反正院裡要求入黨的人也不多。再說小宋也是名牌院校，正規軍，給她入黨提幹，別人也說不出什麼。老官想到這些，暮色中，騎車的那兩條腿有了力量，他決定明天就找小宋談話，破格晉職稱的事，入黨的事，都不是問題。他同時還要暗示小宋，只要把黨員的事給她預備上，不出三兩年，她還有可能成為院裡的第三梯隊，年輕的後備幹部。

可是第二天，院裡發生了一件除了小宋之外，同志們皆大歡喜的事件，那就是，大樓裡突然來了一個中年男人，手裡還領著一個四五歲的男童。他帶著眼鏡，從裝飾上判斷應該是個知識份子，可開口卻像個潑婦，他沒有前言和引子，破口就是大罵，罵宋詞「這個婊子、破鞋、娼婦、賣X的」。罵著罵著就哭起來，大家在他哽咽般的哭聲裡，明白了他聲討的大致內容：小宋不是東西，小宋在學校，就插足了他的家庭，他為小宋離了婚，他給了小宋當初想要的一切。可是一切都給了她了，她現在好像又不要了。原先說好兩個人辦結婚證的，這個孩子也已經管小宋叫了半年的媽了，可現在，小宋又變了，不承認他們的關係了。看來是要另攀高枝了。為了證明自己沒撒謊，男人問手裡領著的那個孩子：「你是不是一直在管她叫媽？」

孩子說：「是，我是管她叫媽了。」

男人說：「最可氣的是，我們孩子的親媽，已經跟別人結婚了，我現在是兩頭不著邊兒，人財兩空啊！」

宋詞從辦公室裡走出來，她輕輕地撥開眾人，像即將英勇就義的江姐，沒有眼淚，沒有悲傷，一臉平靜地走到那個孩子面前，俯身抱起了孩子，說：「馮博，咱們不是說好的嗎，你怎麼和你爸爸一樣也誤會了？走，咱們回家。」

下樓梯的時候，小宋一手抱著孩子，一手抓著那個男人的胳膊，從背影看，非常美滿和諧的一家三口。

小宋處理問題的方式讓所有人欽佩；小宋和離婚男人同居的現實讓老官更堅定了信心，他想他一定要打開小宋的心扉，真正看一看這個小女人內心的世界。小宋沒有男人時，老官還猶疑過，他怕出了問題自己擔當不起，這把年紀了畢竟是不打算離婚的。現在，小宋有男人，是可以出點什麼事的，出點什麼事是沒有什麼問題的。只要做自己該做的，做自己能做的，就不信贏不得小宋的芳心。光占有軀殼是不夠的，人畢竟不是動物，占有她的心，才是成功的。

就在老官幫小宋要下了副高的指標，也批了她的入黨志願的時候，小宋突然，自費去紐西蘭了。說走就走了。連個招呼都不打，又白忙了。如今的女人，真毒哇！老官都想破口大罵了。

我們單位總共有百十來號人，一多半已成為正高級職稱的離退休老人，剩下的一少半，中老年婦女居多，而青壯年男丁，幾乎一個沒有。像這樣的人口年齡布局，可以想見老官痛失小宋後的心情。

小宋走了，年輕的女人只有小唐和小元了，小唐大腦有毛病，已經是院裡必須養著的一個。小元呢，好像正在癡心等待，等待那個局級官員能離婚。所以她的眼裡根本沒有老官。

「苦——啊——！」老官一邁進這座大樓的辦公室，心裡忍不住就要道一聲戲曲青衣出場時的念白。當一天和尚撞一天鐘吧。

一個時期以來，老官的主要工作，就是給同志們開會、傳達文件了。法輪功，捐款，事業單位的改革。法輪功不是問題，全院男女老少，沒有一個喜歡這玩意的，包括其配偶及家屬，都沒有染指。事業單位的改革，好像也沒什麼改頭，都改了幾十年了，事業單位還是這樣。這些人聽慣了「狼來了」，說改革根本嚇不住他們。

能讓這些人動心動肺的，只有一項，那就是每次開會時的捐款。湖北水災，東北旱災，希望工程，南水北調。每次捐款，老頭們就像抽筋、割肉、剔了骨頭，哆嗦得要癱了。女人們呢，針扎了一樣，在會場上公然叫嚷：「捐款捐款，總讓我們捐什麼款，我們這只是事業單位，每月開那麼點死工資，讓那些工商稅務銀行有錢的部門捐去唄，憑什麼捐款也要一刀切啊?!捐款是自願，這可倒好，強行。不捐就從工資裡硬扣，這不成了稅收了嗎?!」

面對這樣的場面，老官從來都是笑咪咪的，他嘴上不跟大家對話，可心裡說：「你們這些老東西，動不動就集合起來，上訪，找領導，要福利，要待遇。怎麼一到給國家做點貢獻時，就鼠迷了呢？等著你們自願，驢年馬月吧。不捐，不捐可得行啊，你們平時享受了什麼級別，現在就要按什麼級別來做貢獻，這也是上級規定的，叫也白叫，正高80，副高60，以此類推，誰也別想少捐一分。」

開募捐會，是老官比較開心的一刻。平時老官抓不著幾個人的影兒，現在，集合捐款，不捐的，工資裡扣雙倍，罰款手段，還是比較有威力的。

平時，老官的辦公室裡，只有他一個人孤零零，光桿司令，沒兵。我們事業單位的一個顯著特點，就是評職稱，初級、中級、高級，幾年下來，一路遞進。別看平時單位沒什麼人，一到評職稱，人們嗶地就冒出來，比開募捐會還整齊。老官的職稱是正高，同時職務上是正處，在我們行業裡這叫「雙跨」，行政、專業雙肩挑的意思。老官儘管已經雙跨了好多年，比起政府部門那些「單跨」的處級領導，還是顯得可憐了，比如人家出門已經是六個缸的奧迪，可老官，上下班還是兩個輪的自行車。也許正是基於這一點，老官說起話來相當淡泊，超脫得像個出家人。老官說：「人啊，就那麼回事吧，多大的官算大啊，當到多大是頭啊，沒有止境。就是你做上了國家主席，世界上還有個美國總統來管著你。生物圈，沒邊兒。像我現在，挺好，靠業務吃飯，憑本事活著，吃飯香，睡覺實。多少錢能買來人的健康呢？雖然我行無車，可這未必不是好事。那些坐車的人，天災人禍就不必說了，關鍵是身體，長年坐車身體得不到鍛鍊，會生病的。看我現在，早晨，呼吸著新鮮的空氣走來，增大肺活量，晚上，下班是安步當車離去，一路上，可以思考好多問題，人流，夕陽，多舒服啊……」

老官的這些話，是在一天的下班路上，對小元說的。從宋詞出國後，不知是哪一天，老官又和元曲同路了。老官和元曲無意中同行了幾次，加深了了解和交流後，老官對小元的印象有所改變。原來小元的內心也是相當憂鬱的，特別是通過小元的穿著老官有個判斷，就是小元很窮，她的衣服根本無法和小宋相比，更別說小唐了。有了男人倚靠的女子哪個還這般寒酸？小元肩上那革製的小背包，和腳上那雙廉價的鞋子，這都說明那個局級的男人，不是個東西，小元這麼癡心等他，可他對女人卻只談愛情不言金錢。看來男人對女人，只談愛情是不夠的，也不是什麼光彩的事。相反，倒很讓人瞧不起。

老官改變了從前的觀念，他決定要用行動，好好地幫助小元了。他有決心和那個局級官員比比，比比誰對女人更好，誰會真正打動女人的心。

老官開始想辦法關心幫助元曲了。這天，小元的自行車，突然丟了，而且是在單位丟的。小元很急，臉都急紅了，看來她是真的沒有錢。老官找到辦公室，說給解決一下，這自行車是在單位丟的，單位有責任。可辦公室的小頭目說：「官院長你也知道，我們除了能報告給派出所，其他沒有任何辦法。再說咱們單位丟自行車這也不是第一次，以前丟車的人你不管，現在要給小元補錢，那些人還不炸了窩？再說了，今後難保誰不再丟自行車，再丟，你給不給補？就咱這窮單位，你補得起嗎？」

老官想想也是，就又去找了工會，他想讓工會以困難補助的形式，給予彌補。可工會主席面有難色，說：「小元困難？她一個小年輕的，又是單身，工資也不低，給她困難補助，那些拖家帶口的、歲數大長年有病的，還不氣瘋了？工會這點錢可是扣大家夥兒的，動他們的錢是刮他們的肉，他們要鬧起事來，您可兜著。你要敢兜，我就敢發。」

老官一言不發地走了。走了一圈下來，也沒有解決小元的問題，這使老官陷入了悲哀——這種破單位，還有什麼待頭，誰拿你這個院長當院長，要錢沒錢，權力也沒什麼威力。老官來到小元辦公室，小宋走後，小元就接替打字了。

老官說：「我幫妳要了一圈錢，沒有要來，這幫傢伙，根本就不聽我話，也不在乎我這個院長。我沒辦法了。我個人，給妳一點補貼吧，妳再買一輛車，每天上班這麼遠，沒有自行車騎怎麼行？」

老官說著，從兜裡掏出事先已準備好的200元錢，放到了小元的桌上。

小元沒想到，她沒想到老官會掏出200元錢給她，她有點發愣。

老官看她不收，就撿起來又塞到她手上，讓她收。

老官的這一舉動，破壞了小元的感覺，小元想：「你老官也太小看人了，200塊錢，就想動手兒？再說200塊錢連個童車也買不來呀。」小元把錢推給了老官，說：「官院長，我原以為單位能賠，我的車是在單位丟的。現在單位不賠，就算了。這錢，我不要。」

小元是嫌少。老官沒想到這麼窮的小元能不把200元錢放在眼裡，拒收。老官也有點一時手足無措，他說：「妳先拿著，這是我的一點心意，妳的車是在單位丟的，我要負責。」

小元還是沒有收那200元錢的意思，她的目光冷冷的，兩隻手也插進了自己的褲兜裡。這使老官很著急，走廊已經有了「咚咚」的腳步聲，如果有人進來，看到這不明不白的200塊錢，一定會誤會的。老官急出了一腦門汗，他再一次催促，請小元收下。

這時，圖書管理員又來了，來找官院長報進書單。

又是這個三閒婆子！不怪女人老了就不招人喜歡，你看她現在的肩、胸、肚子和腿，肥得走起路來顫顫巍巍，波濤洶湧。還有那嘴角、目光，這哪裡還是當年舞臺上的那個白毛女，整個一黃世仁他媽呀。

不知什麼時候，桌上那200元錢不見了，小元夠意思，手疾眼快，她把那錢劃拉到抽屜裡了。這使老官對她充滿了感激。

後來老官又對元曲表示過一次幫助，是小元過生日，老官不知是怎麼知道的，在回家的路上他給小元一個信封，一個很癟的信封。小元開始以為是老官給她的信，後來她一想不可能，老官是領導，領導是不會輕易給誰留下紙上的麻煩的。上次那200元錢，被小元裝在信封裡，放在收發室了。現在，這個貪色又吝嗇的老官，又出什麼新花樣？

小元動手要打開信封，老官急忙制止，老官說：「回去再看。」

小元沒有聽老官的話，繼續動手。

老官上來止住了她的手，老官說：「給我留點面子，回去再拆吧。」

看老官那樣子，小元的心裡更充滿了好奇，究竟是什麼東西，讓老官現出這樣的窘態？難道真是情書？小元開始用手指捏，是個金屬感的東西，莫非是？——首飾？老官已經逃離般騎車離去，小元打開來，是一條項鍊兒，還附一小紙條：祝妳生日快樂。

老官第二天，很想看看小元收到他禮物後的反應，可他又沒有勇氣去小元的辦公室，他耐心地等待了一天，下班時，他準備像往常一樣，出大門後路上和小元相遇。可是，老官收拾自己桌子的時候，他發現，他送給小元的那條項鍊，卻放在了自己的抽屜裡，沒有小元的半個字，項鍊沒有任何痕跡，就像他剛買來時那樣，原包裝地躺在那裡。

老官走出門，走得很慢。往常，他下班都是走路過小元辦公室的那頭電梯，也順便看看有沒有還沒下班的其他同志，如果還有，他會招呼一聲：「回家吧，回家吧。」當然，大家知道老官這主要是在招呼小元。今天，老官拎著他的那隻綠色帆布兜子，走到了走廊另一端的步行樓梯，慢慢地，一階一階地向下邁去。

老官對女人，真是傷透心了。如今這女人，怎麼都成精了呢，仨瓜倆棗，也就落個逗你玩兒的下場。對元曲，老官是真想付出一腔真情，動點真格的啊，可她不識敬。看來這男女問題，還真是越上趕著就越不是買賣。

那一年的春天，就像三個年輕女子飛來時一樣，三個女子又陸續消失了。小唐因為腦炎發病嚴重，回家休養了。小唐直到回了家，全院還有人不知道小唐是個病人，有人還打聽：「咱們院那個最漂亮的美人哪去了？」

小宋在紐西蘭傳來的音訊是：「在哪兒都比在國內強，心裡不憋得慌。」

小元呢，進國家機關的願望沒有實現，和那個局級官員的戀情也沒有結果。她去了非洲。去非洲有什麼意思啊，別人出國都是去美國，最次也是去日本。

聽說是那個局長的老婆給逼的，要她馬上滾蛋，光離開北京是不夠的，去美國、日本她也不配，這道號兒的，只配去非洲。

小元她們一走，我們單位的人更少了，老年的已經退休，年輕的沒有補充進來。那些名牌院校的畢業生，特別是男畢業生，誰都不肯來，他們說到這樣死氣沉沉的單位裡，能有什麼出息呢？偶爾開會，會議室裡的人更少了。面對依然來晚的這些人，老官坐在主席臺上，沒有什麼怒容，相反，因為他長了一雙不笑也像笑的眼睛，笑咪咪的，大家以為他心情很好。承德旱災、內蒙古雪災，大家依然要捐款，那些不來的，老官吩咐辦公室：直接從工資裡扣下算了，雙倍的。

再就是每年的年終總結、述職報告、發展新黨員、培養後備幹部，老官不再像從前那樣，事必躬親。他把這些工作，都交由人事和辦公室來處理。老官說：「明年春天，我就不幹了，我也快六十的人了，我要主動讓賢，倒出崗位讓更多的年輕同志們來鍛鍊。」

老官是這樣說的，他也真這樣做了，他給上級，打過兩次提前離職的報告，請求自己退下來，把舞臺讓給更年輕的同志。

可是，一年多過去了，上面也沒有批，好像上面也正在為誰退、誰不退的問題鬧意見。當然了，上面的頭兒級別更高，他們不是為爭著退而鬧不合，而是為誰到了年紀不肯離席而惱恨。所以老官的院長也就繼續幹著。

一晃，又是兩年過去了。中央的文件一直在說，不但政府機關要加大改革力度，事業單位，也要改，全國都要改，不能白白養著這麼多閒人。什麼坐班、不坐班，哪有不上班就給錢的，這樣的體制不改革還有好兒嗎？事業單位要實行招聘制，能幹活的，留下，幹不了活的，走人。

大家說：「能幹不能幹由誰說了算呢？」

當然是由院長了。

「他想留誰就留誰，他說誰能幹誰就能幹，那這研究院不又成了他家的嗎？這樣的改革跟從前比有什麼區別呢？」

大家就這樣議論著，又是一年過去了，我們單位依然如故，大家依然不用坐班。有一天單位又通知開會，通知說誰若不來，誰就要真的下崗了。算自動離崗。這回可不是狼來了。

這一天，果然人到得都很齊，會上主要還是宣讀事業單位改革的文件，大家聽了很沒勁兒，抱怨白跑一趟，說：「不是狼來了，還是狼來了。」散會的時候，一牆之隔的另一單位的兩個女工向我走來，她們是一家民營小工廠，兩個女工穿藍色工作服，滿面灰塵。她們問：「你們單位今天怎麼來了這麼多人呀？是不是在招工？」

我說：「沒有，在開會。」

「噢，」另一個說，「我還納悶兒，你們單位招工，怎麼招了這麼多的老頭兒？」

「沒有，這些都是我們單位自己的人。」

「哎，你們辦公大樓這麼亮堂，平時怎麼見不著你們上班啊？」

「我們是事業單位。不用坐班。」

「不用上班也能月月拿錢嗎？」

「能，還是全額的。」

她倆笑了，說：「你們單位太好了，哪像我們民營啊，一天到晚累死累活，還要罰款。我們要是能進到你們這樣的單位，別說開開會，就是天天上班，我們也願意啊，反正坐著也不累，是吧？」

一個對另一個說。

「是，天天坐著，頂多開開會，就能拿錢，這樣的單位多好啊。」

小女工羨慕地感嘆。

老孫又去讀博士

沈紅喜和孫光明結婚的時候，她就知道過不長，她也沒打算過長，她是太恨孫光明了，覺得孫光明耍弄了她。她是帶著仇恨和孫光明結婚的。

孫光明對沈紅喜，也不是多有信心，他只是覺得找到沈紅喜還算合適，起碼不吃虧。以他目前的身分，除了一張中文系的碩士文憑，地無一壟，房無一間，還拖著個半大小子，連下崗女工都嫌他窮。沈紅喜卻看上了他，這讓他沾沾自喜的同時又有點將信將疑，心裡很不踏實：沈紅喜是不是有什麼毛病？不然從哪方面論，她都不該找他的。

孫光明是師範大學中文系的碩士研究生，快要畢業的時候，老婆死了，只有他和兒子留在了這個城市。當初師範畢業，基本都是哪來回哪，沒有商量的餘地。而有了研究生的文憑，則不同了，一是本人可以留在城市，二是老婆、孩子也要隨遷。孫光明在縣城的老家教了十年書，邊教書邊趕考，老婆盼他中舉盼了十年，現在日子剛有頭了，老婆卻死了。

當官發財死老婆，孫光明沒有了老婆。他的悲傷很快就被同事們的熱情給沖兌了。現今的中國雌雄比例嚴重失調，不知怎麼弄的，一下子剩出來那麼多女人，特別是三四十歲的中年女子，甭管妳多出色，有房有車有地位，清一色兒地單著。相匹配的男士上帝根本就沒給妳預備！好不容易有個茬兒，託人一問，答案全是人家男的離前已經尋摸好了，自己有。可是男人一走了單兒，那可圈可點的空間就太大了，不但有中老年婦女這塊廣闊的市場，還有二十出頭的青春少女，三十來歲的美貌少婦。可著勁兒挑。

孫光明沒有太挑剔，這可能跟他比較清貧有關。據他自己說，他沒有房子，也沒有一分錢的存款，只有一個十多歲的兒子。想跟他過日子，就要做好吃苦的準備，要享受，沒門兒。這是孫光明每談一個散掉後，同事們關心其中原因，他坦率交待的一個政策。

孫光明到底有沒有存款，別人一時還無法得知，但他沒有房子確實是真的。他談了幾個女人，基本上都是他到女人家去吃住。當然，每次去也不能空手，大夏天的，應季水果滿街推，仨瓜倆棗他還是買得起的。到了女人家，他也不是白吃飯，剝蔥剝蒜、洗碗拖地什麼的，他也都幹。他還不挑食，就是白水煮麵，他呼隆呼隆也能喝上個兩三碗。沈紅喜後來聽一個女友說，跟孫光明談散的那個下崗女工說：「別看孫光明本科碩士的這個生那個生，比工人都能吃！人家原來5角錢一袋的榨菜可以吃好幾頓，可他一來，8角錢一袋的榨菜一頓就給造光了！」由此，下崗女工在一個大熱天的午後，對準備出門的孫光明說：「從明天起，你別來了。」

碩士生畢業的孫光明同志眨了眨眼睛，他不明白為什麼，這女人是什麼意思，剛才床上兩人還好好兒的，怎麼突然就辭退？

「我看見你就煩！」又老又醜的紗廠女工終於惡狠狠地說出了這句憋悶已久的心聲。

「看見你就煩！」——孫光明誠實地向沈紅喜轉述了女人們對他的這一綜合意見，沈紅喜當時就笑了，年近四十的男人還能如此誠實倒不容易。「不過她們都是更年期，不看見我她也會煩。」孫光明又補充了一句。

按說孫光明在找女人的問題上，是挺寬厚的，他不像那些再婚的男人，機會來了，這把年紀了懂婚姻也懂愛情了，可得好好找一找、挑一挑。首選條件就是要比自己小多少歲的，長得漂亮，性格更要美妙，其次還有職業、背景等等綜合指針。孫光明啥挑兒沒有，他基本是有什麼談什麼，別人給他介紹什麼，他就看什麼。年老點的也行，年輕點的也不怕，醜點也行，好看點更沒意見。他唯一的標準就是女人願意跟他過日子，讓他居有定所。

他談的時間最長的是一個大他兩三歲的寡婦，也許四五歲。寡婦對他倒是挺好，也容留他兒子一起過來住；可是寡婦的兒子很不好惹，來一個大老爺們又吃又住，就夠他膩味的了，但好歹能幫母親幹點活，也算替他了，一利一弊，尚可以將就。可是這個不沾親不帶故的弟弟，白吃白喝、有鼻涕還往牆上抹的半大小子，真是太煩人了，他掐半拉眼珠子都看不上他。「跟弟弟玩吧，倆人在一起還是個伴兒。」這是寡婦經常給兒子做思想工作時勸慰的一句話。「看見他我都不煩別人！」這是寡婦兒子一貫的回答。

有一天，不知是有意無意，孫光明的兒子把鼻涕抹到了饅頭上，而這個饅頭又恰恰擺在了寡婦兒子的鼻子底下。顏色不一樣，像饅頭上落了一隻蒼蠅。寡婦的兒子小心翼翼地把饅頭舉起來，舉到孫光明兒子的眼皮底下，逼得他眼睛不停地眨嘛：「你個壞小子你行啊，才這麼點兒就會用這麼損的招兒。要是等你長大了，你還不給我捅刀子、下毒藥！你看你壞的，都不長個兒了。你有十四了吧，可是你看你還不到一米，這都是你心眼兒太多太壞給墜的。」——正批判著，孫光明下班回來了，剛進門，就看到了兒子眼皮在哆嗦的場面。「養不教，父之過！」——寡婦的兒子把胳膊平端著刷地一擺，就像電視上那些時髦的舉槍鏡頭，把饅頭對準了孫光明的臉：「吃吧，你兒子給你做的鼻涕三明治。」

士可殺不可辱！孫光明帶著兒子憤然離去。

後來，孫光明又陸續談過商場營業員、下崗女工，還有師範大學的同行，可沒有一個談長的，儘管他吃苦耐勞，生活沒挑兒，白水煮麵條也能吃得下，可是這些女人，似乎除了願意要他的一把力氣外，別的，白送也沒人要。反正都是中年人了，每當談上，同居一下是在所難免的了，可是，他沒能在一個女人家裡長駐下去，頂多仨月，還是花插著，若按時間累計，可能半個月都不足。也就是說，她們跟孫光明談著可以，免費提供住所睡一覺兒，誰也不找誰錢，也行。若要結婚，孫光明帶著兒子住到人家家裡，好像誰都不大樂意。

孫光明被下崗女工辭掉後，還跟他的同行談了一段，那個同行是他中學時的鄉下同學，也死了丈夫。按說他們條件相當，也夠了解，彼此該信任和擔待一些，互相幫扶一把，成個家的，可是他們也只是相互睡了一段，沒有結成婚。孫光明發現，女同學和他在一起，僅僅解決了一個床上問題，同吃同住門兒都沒有。除了歡迎他在她擇定的時間裡，來家待上一兩個小時，供他一杯熱茶，完事後，很快就把他打發了，請他「去忙吧」。

孫光明多次提出結婚的請求，女教師問：「怎麼結？」

「住一起啊。」

「你一男孩，我一女孩，也都不小了，我這只有兩小間，你看怎麼住？」

「搭閣樓唄。讓我兒子住樓上。」

孫光明的建議沒有被女教師採納。恰在這時，女教師的單位有了最後一批福利分房，她要孫光明拿錢。「至少出一半，」她說，「買下房子，咱們就結婚。」

孫光明眨眨眼睛：「錢？一半？我一分都沒有！」

「一分沒有就滾蛋！」一分房子出一半錢，都不肯，你也太拿錢當命了。天下的便宜都快讓你一個人占盡了。女教師是不相信孫光明「一分都沒有」的，誰會沒有一分錢？可顯然，孫光明是一分錢也不願意花的。

慢慢地，孫光明的心情非常不好了。原來是同事們給說一個，他見一個，一心一意想跟女人過日子，可是最後都落個活兒也幹了，覺也睡了，多多少少的小錢也搭進去了，可沒有一個善終的，還是沒有日子可過。這女人啊，怎麼都這麼認錢呢?!孫光明很灰心。有那麼一段時間，他都不想談了，心想一個人就這樣混下去算了。

就在這時遇到了沈紅喜。「我是搞文學研究的，本科碩士的讀了這麼多年，要物質財富，沒有，我追求的是精神上的愉快。」這是孫光明開門見山向沈紅喜交待的原則。他之所以敢把醜話說在前頭，就是吸取了從前「談了半天白搭」的教訓，特別是他覺得沈紅喜同他結婚的可能性非常小，因為他見過那麼多比沈紅喜長得醜，還比沈紅喜要窮得多的女人，都躲開了他，而眼前的沈紅喜，要貌有貌，要型有型，生活無憂，有一定財富的女人，怎麼願意跟他談？

其實孫光明是把自己過於低估了，他不知道以他目前的狀態，在窮女人眼裡，他是一文不值了，可在那些生活富足並不靠男人活著的女人眼裡，他還是相當搶手的：一窮二白，也就沒有花心，沒有性病；老婆死了，沒了退路，不會再像那些離婚的男人，三天兩頭又跑到了前妻的家裡；年齡也正好，四十郎當，年富力強，身材因了困乏的生活而沒有長出贅肉。在這個腰馱手機、呼機夾包走路的大褲襠時代，玉樹臨風的孫光明是多少女人求之不得的人才呢。

沈紅喜是師範大學門前網吧的小老闆，帶著女兒生活。據說她那離異的男人一分錢的撫養費都不給她，可她和孩子的吃穿都像是有錢人，這說明要麼她的生意很好，要麼她還有別的營生。沈紅喜只是初中畢業，可富裕的生活使她活得精明而有品味，很怡然。沈紅喜還愛讀點《婚姻》、《家庭》之類的雜誌，她由此認定自己是個讀書人。在她每天管理網吧的時間裡，她不上網，而是看雜誌上那些二奶二爺的故事。孫光明來上網，正是談對象一個都不成的日子裡，他的沮喪和頹廢讓沈紅喜記住了他。

經過交談，他們簡直一見如故，都覺得對方非常有談頭。孫光明是學中文的，如果不涉及房子、金錢、吃飯等這些具體問題，他真是很瀟灑，能在三個小時之內保持談笑風生。沈紅喜一下子就喜歡上了他，儘管孫光明長得有點像舟舟，就是那個著名的少年指揮家。孫光明不但有舟舟一樣朝一邊順的小眼睛，就連頭型和那稍有點歪的姿勢，都和舟舟有異曲同工之妙。

沈紅喜崇尚孫老師的文化，不崇拜金錢，因為她不缺錢。對孫光明的貧窮，她是有充分思想準備的。可實際一接觸，還是大大地超出了她的想像。孫光明竟沒有一條棉製的內褲，在人們都跨了世紀的今天，一個大學的講師，碩士畢業的研究生，竟沒有一條棉製的內褲。孫光明無論長短，穿的都還是四人幫還沒打倒時，那種粉紅色的晴綸，粉紅粉紅的，非常鮮豔。這使沈紅喜很驚訝，也很痛心，心疼這個一肚子學問的男人。她給孫光明從裡到外，都換上了質地很好的棉製品。孫光明就像舟舟一樣，更可愛了。

接下來的問題沈紅喜和所有女人一樣，歡迎孫光明，可是太害怕他捆綁銷售的兒子了，買一送一，沒什麼商量。沈紅喜想不出更好的辦法，孫光明也拿不出什麼良策。就這樣他們一晃談過了冬天，談過了夏天，轉眼第二年的秋天都來臨了。好在時代變了，結婚和同居的區別政府不再管，居委會大媽也不問，掃黃打非更不掃他們，要是一直這樣過下去，本來也挺好，也算一種新型的婚姻吧。可是突然有一天，他們的關係經受了一點考驗：孫光明的單位有人退出了舊房，孫光明如果交上五萬塊錢，這房子就歸他了。

孫光明把這事兒說給沈紅喜，沈紅喜耷拉著眼皮，半天才說：「拿這個錢可以，但這房子的產權，也要落上我沈紅喜。」

孫光明說不行，他總得給兒子留點什麼。

「我拿錢買房，產權卻歸你兒子，天下有這樣的理兒？」

孫光明學問再大，對這一問題的回答也只能得了零分。

不久後的一天，在孫光明不來沈紅喜家的日子裡，沈紅喜聽到了一條讓她出冷汗的消息：有人給孫光明出房錢，不但出錢，還白送，送給孫光明的兒子。據說那個女人剛剛被拋棄，正愁丈夫這筆錢怎麼花解恨呢。

沈紅喜當時就五雷轟頂了，她關網吧，鎖防盜門，然後忍著眼淚快速跑回家，倒床就哭：「孫光明啊孫光明，你行啊，你真光棍兒啊，你比女人還薄情啊！……」沈紅喜像所有遇到情感挫折的女人一樣，哭完了開始給她女友打電話，怨恨，哭訴，秦香蓮一樣委屈。

女友說：「哭有什麼用，妳去找他呀，妳再不吭聲兒，人家就將計就計了。」

「我去給他低三下四？」

「這年頭兒為了揪住個男人而低頭，不丟人，現在的行情妳也不是不知道，倆分一個都勻不過來，撒手了他，妳找誰去？那些大肚子、禿頂妳還沒看夠？」

「是，我也知道找個同齡的男人不容易，可是他太認錢了，一分錢都能攥出汗，還總裝窮。認錢你倒是去掙啊，一分錢都掙不來。研究生有個屁用。」

「富，富人家找妳？早找二十多歲的小姑娘去了。」

「趕緊去啊，過了這村可沒這店兒。」女友又補一句。

見到孫光明，沈紅喜發現他說話氣都粗了，眼睛也不再像舟舟那樣一水兒順著，而是瞪了起來，瞪得有聲有勢，精神頭兒倍兒足。眼神兒不和沈紅喜對視，而是覷來覷去，像是在思考，又極具智能的樣子。面對沈紅喜的主動出擊，上門興師問罪，他的內心很得意，像對待一個死皮賴臉來糾纏的舊相好，泡茶，倒水，讓坐，雙臂交疊地坐下來等待交談，一副光腳的不怕穿鞋的樣子。這使一向自以為聰明的沈紅喜，吃了一大驚：「這個狗男人，吃我喝我，靠我養了這麼長時間，現在翻臉就不認人了！」沈紅喜在那一刻像少女後悔自己失身一樣後悔和孫光明的關係，當初怎麼就沒看出這王八蛋還有這麼硬的心腸呢。

「聽說你找了對象，怎麼樣，長得好看嗎？」沈紅喜問。

「唉，我能找什麼樣的，妳不是說了嘛，我這道號的，只配找個傻婆子。」

「你現在不同了，行情上漲，你可以找個精點的。」

「精傻沒關係，心眼兒好就行。不嫌我窮，也願意幫我養兒子。」

「是離是喪啊？離的你可要注意點，別這邊兒伺候你，那邊又去伺候人家丈夫，一主二僕，得病。」

「妳是不是想打架？這可是辦公室！」孫光明站了起來，準備送客。

面對孫光明的居高臨下，沈紅喜恍然驚覺：主場不好，這一仗妳是打不贏的！孫光明現在完全是一副撕破臉了倒利索的乾脆。沈紅喜突然淚水洶湧，她說：「孫光明，咱們都這麼長時間了，就是分手，你也要說一聲，有個告別不是？家裡還有你的東西，咱們回去談吧，談好談壞，也算有個始終。」

孫光明巋然不動，稍歪的腦袋拔得很正，沒有一點交換場地的意思。

看孫光明這副絕情的樣子，能文能武的沈紅喜突然提高了嗓門兒。她的問話很像那句著名的廣告詞兒：「孫光明，你的小人嘴臉想讓全地球的人都知道嗎?!」

到了沈紅喜家，孫光明還沒坐定，沈紅喜抱住他的胳膊就哭起來，沈紅喜豁出去了，長這麼大，還沒這樣不要臉過，就是離婚，她也沒如此號啕大哭。沈紅喜哭得昏天黑地，肝腸寸斷。她什麼都不說，就是一個勁兒地哭，哭得一個樂章一個樂章的，直到後來，她才在哭聲中重複一句話：「沒良心的——你真沒良心啊！——沒良心的——你太沒良心了！——」孫光明胸前的衣裳給哭濕了一大片，他幾欲推沈紅喜起來，或者歇一會兒再哭，可沈紅喜沒有停下的意思，孟姜女哭長城一樣，終於把孫光明給哭倒了。

環境變了，氣氛變了，男女的推拉完全是家庭式的感情糾紛了。這裡畢竟是孫光明生活過、戰鬥過的地方，他終於改變了僵硬的姿態，抱住了沈紅喜。

沈紅喜心說：「孫光明啊，我今天要不是這頓哭，你明天就是別人的丈夫了。你以為你是什麼寶兒呢，你就是沾了時代的光，占了雄性太少的便宜。我今天就差叫你祖宗了，你可真治得我不輕啊。我沈紅喜長這麼大，就沒這麼慘過，讓你吃好穿好，有男人樣兒，有精神頭兒了，你卻要甩下我去伺候老婊子去。虎口拔牙，沒那麼容易！我可不傻。不過你今天把我挫折成這樣兒，我要報仇雪恨——你就等著戴綠帽子吧！」

當然這些話孫光明一句也沒聽到。他還以為自己是從勝利走向勝利呢。

沈紅喜和孫光明就結婚了。

朝夕的廝磨，還不到半年，沈紅喜就發現「我一見你就煩」這句話，可不是那個女人瞎說的，也不是她們都到了更年期，現在離更年期還尚遠的沈紅喜，也開始煩孫光明了。

受過高等教育的結果應該體現於一個人的日常生活，可是孫光明本科、碩士地弄了一通，你看他，睡覺的枕巾永遠是一個團兒，團在枕頭下或隨便什麼地方，反正就是不在枕頭上。還有吃東西，大熱天的，男人吃根冰棒、雪糕，本無可非議，關鍵是孫光明一個大老爺，總不該小孩兒一樣吸溜吸溜地舔吧，可孫光明就是舔。一根冰糕舔得只剩一根桿兒了，他還不饒，還要再從左到右，嘬哩一遍，嘬完了也不急著扔掉，他會用叼著冰棒桿兒的嘴，和你說話，包括裡裡外外上衛生間——如果孫光明嘴裡含的是吃剩的棗核或荔枝核兒，也莫不如此。

沈紅喜少年時家境也很貧寒，可是母親是不許她們吃出窮相的，不能嘬哩，更不可以舔手指，剩下桿兒要迅速扔掉趕緊洗手。這種不許嘬哩的習慣保持到了沈紅喜女兒這一代，她也同時看到，無論是枕巾搓成團兒，還是刷舔冰糕、冰棒桿兒，孫光明的這些習慣都在他兒子身上得到了克隆般的傳承。

更讓沈紅喜頭疼的是一天的三頓飯，她從前怎麼就沒發現孫光明用筷子使的是蘭花指呢？那麼碩大的男人蘭花指，無論是用筷子還是勺子，孫光明每一次夾菜或喝湯，必定要把他的蘭花指，一次次杵到沈紅喜的眼皮底下，一頓飯他要夾多少次菜，就要迫使沈紅喜觀賞多少次他的蘭花指。

沈紅喜曾暗暗數過，一盤兒花生米，孫光明最多時連續夾了十五次，十五次呀，牙齒磨碎花生米的聲音又無法不生猛，他怎麼就不能搭配著吃胡蘿蔔或芹菜？這使沈紅喜在痛恨他蘭花指的同時，也責問孫光明的媽媽和前老婆：「孫光明把枕巾搓成團兒，妳們不是管教他要鋪平鋪好，卻反而把枕巾給縫在了枕頭上；孫光明都碩士畢業了，吃東西還不懂得起碼的規矩，本科、碩士的這個大學那個大學，教育了半天，妳們都教育了些什麼呀妳們！」

孫光明在看書的時候，沈紅喜就在一邊，說：「孫光明，你天天捧著老海德（《海德格爾全集》，看了有半年了），他老人家是教會了你做人，還是教會了你做飯，還是教會了你做愛？我看啥用都沒有。」

孫光明輕蔑地看了沈紅喜一眼，他沒有回答，他覺得這女人怎麼一結了婚，就變得俗不可耐呢？沈紅喜說：「你不用不服氣，你想的什麼我知道，你以為跟了那個女人就有好日子過了？告訴你，天下沒有免費的午餐。就你這道號的，天天抱著一本書死讀，跟誰都沒好兒。你看看你現在的生活狀態，跟那些沒上過學的進城民工有什麼兩樣?!」

沈紅喜這句話可戳到孫光明的疼處了，他心裡最恨的，就是藐視他學歷的人，這不但是一種侮辱，更是一種深深的傷害。他把剛才的輕蔑轉換成不屑的一哼，意思是我不跟妳這初中都沒畢業的女人一般見識。

「是，我初中都沒讀完，可是我沒學歷照樣能過上好日子。你都碩士畢業了，還活得民工一樣。可別落個你兒子將來也和你一樣！」

「妳再說一遍！」孫光明的吼聲晴天霹靂。如果說剛才把他比成進城的民工，他尚可以裝聾作啞，可是現在，說到了他兒子的前途，一句話就定了他兒子的未來和命運，這太讓孫光明痛苦。他的心臟在那一剎都疼裂了璺。兒子是他的全部希望，他還想不久的將來兒子能北大、清華的走一遭呢，沈紅喜卻說他兒子將來會和他一樣，也這樣狼狽地生活，這話說得太刻毒了。

孫光明的淚水就像虹吸現象一樣，兩眼持平。為防止淚水灑出來，孫光明慢慢地抱起他那本《海德格爾全集》，用噙著淚水的眼睛，平視著沈紅喜，倒退著走出門去。

而且再也沒有回來。

孫光明出門後，沈紅喜很後悔，她想換下睡衣，去追孫光明回來。可是當她打開衣櫃拿那件雪白的長裙時，卻發現上面塗滿了大片的墨水，像是筆尖洇的，又像是甩上去的，遠看很像一幅叫《墨梅》的國畫。落款處是孫光明的兒子用圓珠筆寫的：「沈紅喜大王八」。

沈紅喜又快速地搜看了家裡的一切可疑之處，她看到在抽屜裡、牆角處，都有孫光明的兒子到此一遊的標記。牆上是用刀刻的，上寫「沈紅喜不是人」，下聯「是個小狗把大門」。

沈紅喜就像電視劇上表現的那樣，女人一遇打擊，就倚著門框，慢慢地，慢慢地，滑坐到了地板上——沈紅喜出溜到了地板上。

再接到孫光明電話的時候，已是第二年的春天。她以為孫光明是來找她道歉的，求和的，她還打算告他兒子的狀。可是孫光明說：「我是向妳告別的。」

「你去哪兒？」

「北京。我考博了。」

「你去北京讀博士？那你兒子怎麼辦？」

「帶著他去，跟我一起讀啊！……」

「上學帶孩子，你這叫上的什麼學？畢業還留北京，你可別禍害北京了，北京叫你們這些外地人禍害得夠嗆了。」沈紅喜撂下電話，心裡說。

三年後，沈紅喜聽說孫光明博士畢業了，他沒有留在北京，回到原單位仍沒有住房，兒子又跟他回來了。因為三年後的博士生，就像三年前的碩士生一樣，尤其他們這些學中文的，沒什麼用。好像只有那些計算機、金融類的，才算人才。

老孫這個學位，又白讀了。

電影院

二胖和三胖走出門的時候，天還沒有完全亮。昨天，母親已經口頭許諾，今天早晨，一人一麻袋豬食菜，實實的，像圓球那麼圓，咕嚕回家，他們就可以一人得到一毛錢了。

母親答應給錢，這使二胖興奮了一個晚上。他跟三胖討論，這一毛錢用來幹什麼。三胖揚長聲調兒地唉了一聲，說：「那還用問，兩根冰棒唄。」說著，三胖的舌頭在嘴裡轉了兩圈，喉道生津一口接一口往下嚥唾液。在三胖的世界裡，最幸福的事，莫過於吃冰棍兒了。

三胖又補充道：「一根冰棒，一碗爆米花也行，分兩樣吃。哥，你幹什麼呢？」

二胖說：「我要看電影。電影多好哇，《牧鵝少年馬季》，都演兩場了，外國片兒，聽說比打仗的還帶勁兒呢。」

三胖低下眼皮兒，在電影和冰棒之間，他的選擇無比艱難。

二胖嫌他沒出息，用恨鐵不成鋼的眼神覷著他：「冰棒一吃就沒了，幾分鐘的事兒。電影呢，一個多小時慢慢看，看完還能存在腦子裡，多少天都不化，都不沒。什麼時候想起來什麼時候過一遍，多過癮呢。」

三胖羞愧地抬起頭，二胖的勸解，讓他有了動搖。

「再說了，媽以後還會給咱們錢呢，你沒看嗎，她現在越來越怕大哥了。」二胖說。

母親是有點越來越懼怕大胖了。二胖看到母親正跪在那裡點火，一手握拳撐後腰，另一腿單跪，她的肚子上像扣了個小鍋。聽到大哥的腳步，母親馬上改變了姿勢，兩腿雙蹲，像平時那樣，不讓自己笨重的身體顯得那麼吃力，不給這個大兒子留下批評她的口實。可是母親的要強使她險些翻倒，大胖走上來，什麼也不說，拉開母親，嚓，劈啪啪，點燃了灶火，鼓起嘴巴，噗，噗，兩口人工鼓風機的強力送風，灶火就旺起來了。

已經站起身的母親力顯自己幹什麼都不耽誤，懷了雙胞胎也不礙她繼續家務活，拎菜刀，削土豆，母親甚至比平時更風風火火。大胖用怨恨的目光看了眼母親的背影，又看了看一旁蹲著給母親當小工剝蔥辣出眼淚的二胖，一扭身，去院中劈柴了。

大胖生氣的時候，他能把院裡的柴禾垛劈成小山。

大哥是反對媽媽再要孩子的，二胖曾聽到過一次他們的爭吵。那之前，二胖總是聽炕上躺著的爸爸說：「別忙乎了！」「別抻著！」母親接上的話是「沒事兒」、「小月（流產）不了」。不久，媽媽的身體就茁壯了，二胖才明白那叫「懷孕」。大哥說：「媽，妳還想生多少？爹那樣了，天天啥也不能幹，二胖、三胖兩張小嘴兒都填不飽，再給家裡添嘴，妳讓他們吃什麼？就這樣天天豬崽狗崽一樣拖拉著？累死累活，連嘴還顧不上，這樣的日子妳還沒過夠？」

「敢情生完你了，你讓我把他們都掐死？一條一條，都是小命吶。」

「再這樣，年底我就當兵去！」

——大胖的威脅讓母親傷心落淚了，她本想分辯養孩子是難點，可是一個也是養，兩個也是放，你沒生過、養過你是不知當母親的心——當初你也是在肚子裡，你爸沒了，我要是捨得把你割一刀，你還有今天？

大胖是「夢生」，沒有見過父親的孩子，在當地人們都叫他「夢生」。當然這是背後的叫法，是鄰居指點給別人，向不知情人的講解：「那個老大，他母親帶來的，夢生。」

大哥的人前名字叫大胖，無論大胖、二胖還是三胖，看看他們的外形，就知道這只是母親的一個良好願望。大胖像一根細竹竿兒，本應有的寬度都跑到身高上去了。二胖和三胖，一個皮包骨，一個骨伶仃，他們還繼承了父親矮、矬。母親說：「娘矬矬一個，爹矬矬一窩兒。」看來二胖、三胖都不會長高了。黑黑的眼睛，黑黑的皮膚，顯得牙齒分外地白。咕嚕嚕，咕嚕嚕，大哥痛斥母親別再給這個亞洲國家增添非洲兒童了。

「念了兩天書，就知道諷刺他媽了。」母親說。

二胖發現，在這個家，爸爸媽媽是一夥，爸爸讓媽媽少幹點活兒，而媽媽總是讓爸爸多吃點飯。爸爸的腿從表面看哪兒也沒壞，可是他就是不能走路了，有時拄著拐拖自己倚著牆根，拖幾步，就像院子裡那個病鴨子，一下子就歪那了。這時候同樣矮小的母親能把他背進屋，放到炕上，端飯給他吃。父親的屋裡，永遠有一股黴味，但母親不嫌。

而大哥，對兩個弟弟好。二胖覺得，大哥疼愛他們這兩個異父的兄弟，比母親還甚呢。父親病後，母親對家裡的活進行了重新分配，她給二胖、三胖分一樣，大胖就攬一樣。分配二胖、三胖接過父親的麻袋，去採豬食菜。大胖說：「不用他們，等我從山上拉完柴，我去。」母親昨天晚上，就是趁大胖不在，對二胖、三胖進行的懸賞：一人一麻袋，實實的，幹好了，一人一毛錢。

母親還說：「你們分擔點，再累那個大犢子就快累趴下了。」

二胖覺得，沒有大哥的威脅，母親是不會主動說給他們錢的。母親常說，養了小蛋子，就是給家裡幹活出力的。大哥不願意看到母親幹男人的苦力，更不願意看到兩個不到十歲的弟弟拎斧頭、用菜刀。大哥如果在家，他一天的時間，都是不停地幹活，柴禾劈成了小山，豬食菜、鴨食菜全部剁好。出出進進，大哥的脖子是梗著的，臉也是擰著的，母親讓他歇歇，他連眼珠都不轉給母親。

母親對二胖、三胖說：「明天，你們去掠豬食菜，不能再用籃子了，輕飄飄、鬆蓬蓬的，那都不夠豬塞牙縫，也像你大哥、你爸那樣，用麻袋，踩實了，裝回來。」

「咱們家要早點把豬餵成了，早點賣。過年好給你們添新衣裳，買鞭炮。」

二胖、三胖聽到勞動量突然加大，要一人一麻袋，還得是實的，眼睛都睜長了。接下來，母親說一人一毛錢，兩人就都笑了。

二胖走路快，一快褲子就往下掉，媽媽說他是小蛋子，沒胯，扛不住。二胖一邊走一邊用手拎著褲腰，他的腰帶是一條藍灰的布帶子，肚子癟了，那布帶和褲子就跟他拔河，一遍遍地提上，一遍遍地滑下來。三胖緊緊跟著，哥哥再瘦，也比他有力氣，肚子癟著走道也比他快，主意比他多。二胖一走快，鼻涕又出來了，他自己都奇怪，自己是哪來的這麼多鼻涕啊。二胖的袖口，已經像鐵皮一樣黑亮，媽媽說他別往袖子上抹了，他答應了，然後還是抹，不抹這，抹哪兒呢。「三胖，」

二胖一拽襖袖，熟練地一抹，嘴上的不適就解決了，他說，「今天幹活兒可別偷懶兒，咱早幹完早回家，拿上錢就看電影去。」

「你不餓？我現在就餓了。」三胖說。

「三胖，幹點活兒別抱熊（耍賴的意思），咱如果掠得少，媽也不會給咱錢的。沒錢你看什麼電影、吃什麼冰棒呀。」

三胖一想也是，他吸了一口氣，提提精神，說：「哥，我聽你的。」

事實上，他們已出了家門很遠，三胖膽兒小，在這空曠的原野上，他願意聽哥哥的。

「三胖，這掠豬食菜，也跟遛土豆一樣（遛土豆即別人家收掘完的土豆地上，他人可以無償來遛，像採金一樣，拾到一個算一個），你跟在別人屁股後，什麼都撿不著。來，咱倆去那塊沒人掠過的地方，你從那邊，我在這邊，咱們對頭掠。」

三胖是不願意離哥哥遠的，無奈軍令如山。他們的年齡只差一歲，可幹活時二胖永遠是三胖的司令、指揮官。

霧氣遮蓋的大地，因為太陽的漸漸升起，一點一點顯露出大地的翠綠。喜歡看小人兒書的二胖，還不懂得「一望無垠」，他想說的是，「沒邊沒沿兒」。沒邊沒沿兒的黑土地，沒邊沒沿兒的翠綠，那種叫灰灰菜的野生植物，像一片片綠絨毯，青翠連天。因為有電影的指引，二胖用小刀子挖了兩下，嫌慢，就直接改用兩隻小手了。雙手抓掠，一薅一大片。他發現，用手滿把滿把地抓，比用小刀子快多了。

這個找麻煩的褲子，二胖伸手又拎了一下。走道兒快了，它掉，蹲下時間長了，它也掉。真是煩人。二胖提一下，它能在原腰待上五分鐘。掉褲子，流鼻涕，是二胖幹活時的兩大麻煩。真是的，冷流鼻涕，現在一熱，鼻涕也出來。二胖用拳頭到鼻子上杵了一下，小手全是黑泥，把自己杵成了日本的仁丹鬍子。三胖看他一眼，站起來大笑了。二胖說：「三胖你還笑，你看看你才採了多點兒啊。」

可不是，三胖的麻袋還是一張皮，鋪在那。

「用手吧，手比刀快。」二胖吩咐。

「哥，我怕蟲子，還怕蛇。」

「沒事，牠們不咬。」

「不咬我也硌應牠們。」

「三胖，你真麻煩。掠菜是繡花嗎？」二胖為自己的質問得意，「你看你，一刀一刀，慢慢地，多像繡花啊。像你這樣採，別說看電影了，飯都吃不上。」

「哥，我現在就餓了。」三胖扔下刀子，坐到麻袋片兒上。

二胖看看四周，他知道有一種叫「婆婆丁」的菜能吃，但那樣的菜喜歡長在牛糞上。二胖拿起刀子向牛糞找去，果然，挖到了一棵。

「沒有醬，這樣吃太苦。」有經驗的三胖說。

「再說，連洗都沒洗。」三胖還很挑剔。

二胖生氣了，他說：「那你就慢慢磨蹭吧，我掠完我走，你在這待著等狼吃吧。」

三胖抹起眼淚來，澈底抱熊了。

二胖沒辦法，到褲兜掏摸了半天，摸出一塊紙包著的「塔糖」，淡粉色的，那是街委會挨家免費發放的打蟲藥，顏色好看還是甜的，孩子們當糖搶著吃。塔型糖已經缺失了一多半，是個斜塔，二胖本打算，到關鍵時刻，比如電影院了，三胖不聽話時，他再拿出來。現在，三胖要耍賴了，看來只有提前給他吃了。不吃點東西，兩麻袋豬食菜沒時候掠完。

大地上兩隻蝸牛，提褲子擦鼻涕的這隻，動作多，移動快。身邊的那個麻袋包，一點一點，越來越鼓起來，比蹲著的蝸牛大了。另一隻，一刀一刀，有棱有角。太陽過頭頂了，二胖再掏出他的「斜塔」，啃一小塊，餵給慢蝸牛——「快點，用手吧，手比刀快。」

「哥，你別一點一點給我了，都擱我嘴裡吧。」三胖的笑容天真而無恥。

「等你幹完了，全給你。」二胖把剩餘的米粒般塔糖，包好，再放進兜裡。

「哥，你說用手抓，不會抓到毒蛇吧？」三胖舊話重提。

「你抓出來，我就把牠生吃嘍。」二胖用吹牛壯膽兒。

「唉，蛇我不敢吃，要是別的嘛——」三胖又用餓來動搖軍心了。二胖何嘗不餓，他的肚子已經癟成一個坑，褲子已經須臾不能離開手指。肚子癟成這樣，二胖狠狠吸了一口氣，鼻涕錯誤地改變了腔道，讓二胖無意中嚐到鹹的滋味。二胖像練氣功的人那樣，又吸一口氣，趁那口氣還沒鼓起來，把灰布條子在腰上紮緊了。身體裡似乎紮住了一點氣，變成了力量。他打開麻袋，按母親指示，人跳進去，用身體當碌，把菜壓實了。

兩隻麻袋，兩個孩子，四隻球滾進院子，母親沒有看到兒子，只看得見兩隻圓球一樣的大麻袋。待看清麻袋後面兩張漲紅累喘的小臉時，母親驚立了片刻，習慣性回頭看看大哥，大哥沒在家，他還在山上打柴。母親拉過他們，讓他們快進屋洗手吃飯，母親自己，和兩隻麻袋變成三個球，艱難地向院裡滾。

二胖懂事些，他停下腳步，幫母親滾完。

然後伸出小黑手：「媽，給錢。」

「這孩子，挺財迷吶。飯都不吃了？」

三胖已經拿出了餅子，他一口咬出「月牙」，兩口咬出「鋼叉」，說：「媽快給錢吧，我們邊走邊吃，再不去都不趕趟兒了。」

母親沒有猶豫，以她從未有過的掏錢速度，從褲兜裡拿出那捲錢。褲兜是金庫，那捲錢是全部存款。最大的是十元的，最小的是一分的。母親本想一分一分數給他們，又一想零分的用著打醬油方便，就抽出兩張整毛的，撂在每人手上。「吃了飯再去吧。」

二胖也沒洗手，進屋抄起餅子，用頭向三胖一擺。「走。」

三胖兵一樣跟了出來，還不忘抓一根兒淹漬的老黃瓜鹹菜。

向道北進發的時候，二胖和三胖的精神頭兒一下子足了起來。道北就是街裡，媽媽她們叫「垓裡」。道北有市場、商店、醫院，還有一家電影院。平時，三胖對商店更有興趣，他們放學的時候，三胖常常一家一家地進，商店也進，醫院也進。有一回，他們沒抬頭，進去看到了好多的花圈，還有黑黑的衣服袍子。嚇得三胖趕緊溜出來，也不認識那上面是個什麼字。父親心情好的時候，會說：「三胖你又去點貨了？長大當店經理的料呢。」

三胖知道父親這是在挖苦他。三胖沒有錢，可他喜歡逛商店，尤其是麵包櫃前，買不上，聞一聞那酸酸的麵包花味，狠吸鼻子，好舒暢啊。三胖還不知道那叫「沁人心肺」，他就是常常免費站那聞。麵包是三分五一個，如果買一個，就要虧五厘錢，交四分，才能買到。三胖常常跟同學，或哥哥，合夥，七分錢買兩個。不吃那五厘的虧。

相比三胖，二胖更多的時間是去電影院，影院門前的臺階上，站在那，仰望大海報。隔一段，木板上貼的大海報就會換一張，那是預告快有電影了。有一次，二胖回家跟母親講，快有《天仙配》了，上面一個白鬍子老頭，一個紮鬏的老太太。還有一個好看的小姑娘。母親納悶兒，《天仙配》裡哪有老太太呢，莫不是添加了王母娘娘？後來才知道，是那個影院的畫工太拙劣了，頭上紮著布巾的董永，男人，給畫成了老太太。畫技不好。

後來，《天仙配》來了母親沒有給他們錢，母親說，《天仙配》是給成年人看的，小孩兒不適宜。

什麼不適宜嘛，同學都看了。母親就是捨不得錢。

這回，《牧鵝少年馬季》來了，母親沒啥說的了吧。還好，按勞付酬，母親說話算數。

遠遠地，就看到售票口的長隊，從臺階，甩到了馬路。算三路縱隊，也似四路、五路，票口處，是一窩蜂。緊貼售票口的牆，有人壁虎一樣趴著，他的同夥犧牲著自己，在下面當人梯。三胖打怵地說：「哥，能行嗎？這麼多人，不如我們用錢買冰棒吧。」

二胖瞪了他一眼。

「這麼多人，也買不上票哇。」

二胖閉著嘴，嘴角閉出了堅毅，腳下繼續。

「我看不如，你看你的電影，我買我的冰棒吧。我邊吃邊在外面等你。行吧？」

二胖的嘴角都閉出怒氣了，這個弟弟怎麼這麼沒出息呢，就認吃。二胖瞥了他一眼，像大哥瞥母親那樣。「三胖，過了這村可沒這店兒啊，我看完回去也不給你講。」

三胖不敢吱聲了，跟上來。

「三胖，咱倆都上去擠，等快擠到窗口時，我蹲下，你踩我背。聽見沒有？」

「行。」三胖的聲調很虛。

臨上陣，鑑於形勢，二胖又重新設計分配了方案。把兩毛錢，分拿在兩人手裡。一旦誰先擠上，能把胳膊伸進窗口，另一人再遞不遲。誰先擠上誰先買，更可靠一些。

人小面積也小。他們像兩條魚，三鑽兩鑽，就游進深海人群了。一前一後，偷襲的特工一樣貼進了賣票窗口，這個人群火力最密集的地方。

二胖本想蹲下給三胖當梯子，可是還沒等他實施，他突然被人流，給拱起來了，波濤一樣浮載著他。二胖趁勢扒住了窗口，他的胳膊好像一下子長長了，一隻手伸向裡邊，另一手死死扒住水泥窗臺，不敢撒手，他下面的人梯，已經不存在了，如果他不抓住，就會掉下來。

「兩張！」二胖高喊。「哦，不，一張。」二胖回頭尋找三胖，「三胖，快給我錢。」

三胖也不示弱，他細細的胳膊，竟越過洶湧的人頭，獻上來。手心裡，是那個攥成一團的、汗水漬得完全是一粒泥球的一毛錢。

咕嚕，泥球被湧翻了，落進人海。

「不許捎票！」賣票的女人又醜又凶，大下巴占了多半張臉。

「哥，我錢啊——」三胖「哇」地大哭了。

嘩啦一下，二胖一愣神的工夫，手沒扒住，人從浪峰上掉下來。

「哥，錢沒了。」

兩個人扒開腿的蘆葦叢，一線縫隙，又合閉了。再扒開，三胖不幸被蘆葦絆倒了，他像他那粒泥球錢，立時沉沒腿海。二胖尋著他的哭聲把他拽起來，起落沉浮，洶來湧去，那一粒泥錢終不見蹤影。「三胖啊，你咋不攥住呢，你缺心眼兒啊。」二胖的責怪三胖感覺到了，他用淚水大哭訴說自己的委屈。他後悔聽哥的話，買這個什麼破電影票，如果吃冰棒，錢多保險呢。腿的蘆葦蕩，飄過來，刮過去——「別擠啦，別擠啦，不賣啦！」大下巴女人「哐」的一聲關上了木柵板，「賣沒啦！」聲音比喇叭還震人。

人腿立定片刻，「嘩」地退了。

地上沒有那一粒「泥球」。

嗚嗚嗚，三胖哭得用胳膊搪眼淚了。

二胖站著，一動不動。強憋回去的淚水，變成眼裡的血絲，又化成燃燒的火苗，把他的眼睛都燒紅了。他不想讓弟弟看到他哭，臉略微地仰向天，錢丟了，票也沒了。

他手裡還攥著一毛錢。

門口開始放人了。

剛才買票的那些人，又在門口擠成螞蟻一團。

「三胖，別哭了，給你，去買冰棒吧。」

「哥你呢？」

「我進去看電影。」

「沒票？」

二胖點點頭。

「硬擠？」

「嗯。」二胖更堅定地點點頭。

看門人比賣票的女人更有權力。他很著名，叫大董。二胖們不知道鎮長是誰，但他們知道「大董」。上面三令五申不許有「點頭票」，但點頭票是止不住的。二胖聽他同學的一個哥哥說，誰誰是大董的親戚，長年可以看「點頭票」的。二胖真是羨慕死了他們。大董手裡拿著一根類似後來警棍的長電棒（即手電筒。當地人都叫它電棒），白天晚上都拎在手裡，用來清場、照明，也用來打人，打那些硬往裡擠的人頭。

二胖個子矮，他躲過了大董的襲頭「電棒」。

預備鈴響了，燈光暗了，電影嘩啦就開演了，隨著銀幕上閃閃四射的金光，大董的巡查電棒也掃了過來，有一百多瓦吧，蹲在椅子下的二胖很想變成一隻椅子腿兒，或變色龍，能貼在水泥地上。雪亮的電光，一下子就罩住了他。「出來！」

在大董身後，已經揪出了三個逃票者。

「小兔崽子，還挺能鑽呢。」

二胖的每一步，都走得無比艱難，大董倒也耐心，一直照耀著他。

「一個孩子，就別要他票了。」座椅上的一個老人為二胖求情，二胖站在他面前腳下不動了，他的高度，正好是老人眼前的視線。

「超過一米，都得買票！」大董講原則。

二胖走得幾乎扭捏了，在大董的嘟囔裡，他聽出另幾個人是從廁所裡揪出來的。廁所也能藏人啊，這倒提醒了二胖。在大董把他們交到另一人手上，吩咐另一人把他們關出門外時，二胖一個車轉身，嗖地躥向了廁所，還是女廁。

大董來鬥志了——「小兔崽子，你挺賊啊。」他點燃了一支煙，先憋他二十分鐘，臭臭他。然後，大董叫來了那個賣票的，讓女同志進女廁所。

大下巴出來。「沒有。」

「嘿，小兔崽子，長翅膀了。」大董拎著手電筒，二次進去清場。這回，他的目標是樓上，二樓。

這次二胖有了經驗，他鑽到了一對青年男女的腳下。男女正親熱，女的「媽呀」叫了一聲，看是個孩子，她說：「嚇死我了，以為是小狗兒呢。」女人有同情心，沒有攆二胖，她繼續和男子親密。這無形為二胖提供了一張類似保護篷的屏障，二胖蹲著，能聽到電影上的對白，透過椅子隙，也可以隱約看清牧鵝少年馬季的模樣。是好玩，馬季聰明，不斷用其人之道來懲治其人之身。觀眾的笑聲，二胖的笑聲，那個屁股挨了鞭子的地主，讓所有人都開懷。二胖開心的同時也沒忘用耳朵觀察動靜，就在他分神的一霎，一束光追來，又一次罩住了他。像舞臺上的追光燈，二胖無處躲藏。

「出來！」看來大董也有經驗了，他沒有滿場地照，而是有的放矢，一下子就逮住了二胖。

二胖沒有像上次那麼老實，聽從他的斷喝出來，而是沿著椅子腿、人腿，嘰哩咕嚕地一路跑開了。

大董為二胖的膽大包天惱怒了，清場史上，還沒有這麼膽大的，抓住他了，竟然一而再地跑。大董蹭蹭蹭穿過人腿，他一步能頂二胖的五步，二胖剛站起來，後腦勺「啪」地來了一巴掌。大董手下留情，沒有用他的電棒，而是手掌。手掌也削得二胖不輕，眼前嗡地一下，像電影開演時銀幕上的金光四射。二胖用一隻小臂擋眼前雪亮的光，另一手摸頭。

「小兔崽子，倒會藏。」這一次大董親自押解，出了偏門，走進大廳。大廳裡有個賣冰棒的老太太，老太太看到大董，舉出一根冰棒——「大兄弟解解涼。」

大董心安理得地接過來。這時，門外有了「咚咚」的擂門聲，大董知道這是熟人，不認識的，不會這樣擂。他回屋去拿鑰匙，再出來時，二胖又沒了。

把熟人放進來，裡面沒有座位了，大董把他們帶入放映間。

擱平時，電影開演一刻鐘，清過兩遍，大董就該休息了。電棒照來晃去的，人家有票的也有意見，雖然是敢怒不敢言。可是今天，大董覺得真是見鬼了，小小的一個毛孩子，我還治不過他？大董的電棒第三次在影院晃起，雪亮雪亮的，一排排，一趟趟。樓上樓下，廁所、椅子空兒，能照的地方，他都翻了個遍。沒找到二胖。這小崽子，他會隱身術？

二胖藏到了幕布裡。

二胖大致地數了一下，會場兩邊的這兩幅紅絲絨幕布，一個褶裡藏一個，差不多能藏下全班的同學。只要站著別動，神仙都看不出來。二胖打算回去就將這一發現告訴三胖，也告訴班裡要好的同學，那些往他身上甩過鋼筆水的，他不會洩密。

二胖小小的身軀疊在裡面，不顯山，不露水，唯一的不好，是他的眼睛看疼了。他頭不敢伸出去，只用眼睛，從縫裡，斜著，看銀幕，銀幕上的人像紙片，二胖覺得自己的眼睛裡像有一根線，拽得疼。二胖這回格外提高警惕，防著大董的手電筒，也防著他的一聲不響。幕布很熱，悶得二胖全身都是汗。電影接近尾聲了，牧鵝少年馬季勝利了。二胖也勝利地走出了幕布，他想隨著人流，像散場者一樣，大搖大擺地走出去。

也不知三胖，吃過了冰棒，是回家了，還是又進商店點貨去了？

影院的四扇大門都敞開了，陽光強烈地照射進來，刺得人眼很不適。二胖不願意看到這樣的強光，他還是喜歡剛才的黑白世界。二胖伸出了胳膊，用小臂擋著刺目的陽光，恍惚間，他看到大董又門神一樣立在那裡，散場他怎麼還站那兒？

果然，他被挑了出來。

「小子，有種，技術高。會縮身術。」大董像是表揚他。

二胖想裝沒聽見，繼續向外走。

「電影看完了，交錢吧。加上罰款，兩毛。」大董的笑不動聲色。

二胖再一次想跑。大董的長胳膊有防備，一下子抓住了他的耳朵。

「不是嚇唬你，拿錢。」站在大董面前，二胖正好是他的腿高。

鑽過去？那是不可能的。雖然二胖很有鑽的技巧。大董也沒有讓他鑽的意思。大董說：「小子，不拿錢也行，只要你告訴我，剛才你藏在哪兒了，說出來，就放你走。」

這可把二胖難住了。那是個祕密啊，他還有長遠的打算呢。怎麼能輕易告訴大董呢，況且他還是個敵人。

「不說？」

二胖搖搖頭。

「那就交錢好了。」

「我沒錢。有錢我就買票了。」二胖開口說話了。

「沒錢？好。那就把你人留下，我一會也要下班了，這一大空屋子，就留你一個。沒吃沒喝，等著老鼠吃你吧。」大董說。

二胖突然一捂肚子，蹲下。「我屙屎憋不住了。」他再一次衝向廁所。

大董拉了一把椅子坐下來，守住門口，他不信，二胖能從磚縫兒鑽出去。

太陽偏西了，大董等得打起了磕睡，二胖已經成功地找到三胖，向道南進發了。二胖的身上不大潔淨，他是從廁所下面逃出來的。他叮囑三胖，千萬別跟媽說他是逃票看的電影。三胖因為吃到了冰棒，還吃了一個麵包（他犧牲了五厘錢），剩下的一分，還買到了兩瓣橘子糖。心滿意足的他，答應不當叛徒。他們現在的任務是，去河裡洗個澡，也洗洗衣服，待晾乾了，好回家。

三胖說：「哥你餓吧？」他貢獻出剩餘的那枚橘子瓣糖。

二胖很感動。他免費給三胖講起了劇情，漏看的地方，他做了編劇，根據自己的想法補充完滿。三胖在這個下午收穫太大了，沒耽誤吃，沒耽誤喝兒，還沒耽誤電影。他覺得太開心了。

夕陽完全落山了，沙灘上兩隻小蝸牛，黑黑的脊背，黑黑的眼睛，白白的牙齒。「哥，咱媽會著急吧？」

「一會兒大哥就會來接咱們的。」二胖說。

「對，大哥會來。天黑也不怕。」三胖膽兒小，他爬過來，靠在二胖的背上。二胖的上衣下褲都脫光了，三胖把他的衣裳兩人合圍。「哥，等我長大了，我要賣冰棒，像那個老奶奶那樣。沒人買，我就把它們都吃嘍。」三胖是又餓了。

二胖看著淡淡的月亮，像沒切圓的蘿蔔片。他說：「我長大了，也當賣冰棒的老奶奶，電影院裡的那個，一邊賣，還能一邊看電影……」

「看電影不用花錢，多美。」兩雙黑眼睛裡，熠出鑽石般的光輝。

——二〇二二年四月

花燭

1

追溯奶奶的故事，要從父親講起。東北民諺：「坐生娘娘立生官兒。」父親是立著來的，可是父親直到退休，也只是個股級幹部。這是另一個故事了。在這，只說他那天的出生，讓奶奶命劫。

「立生兒」也就是倒茬兒，先出腳、腿，然後是胳膊。一般的胎兒，以頭為始，接生婆只須雙手抱握住頭，順勢一拽，接下來一切就會順理成章。然而父親不是，他先伸出了一隻腳，一隻腳丫，這是多麼地危險，接生婆給他塞了回去。父親又躍躍欲試地捅出了一隻拳，一隻小拳頭，這更是可怕的，拉一隻手出來，其他會像樹枝一樣掛住，接生婆又把父親整體地推了回去。用兩隻手，揉麵一樣輕輕地揉、推，希望這個男嬰，能像更多的胎兒那樣，轉個個兒，倒著來到這個世界。

但父親很犟。

兩隻腳、一隻手都出來了，剩下的一隻，手搭涼篷一樣扣在了頭上，遲遲不肯下落——奶奶的血，似一床洶湧的河，越匯聚越洶……

兩條命，危在旦夕。接生婆眼睛看著別處，一用力，父親下來了。

奶奶慢慢閉上了眼睛。

出生三天的父親，一直用米湯充當奶水。雖然他從不知母奶為何物，卻一下子也分別出了奶水和米湯的不同。小湯匙送到嘴邊，他舌頭小木棍一樣狠狠一頂，再餵，再頂。頂灑的米湯糊得被子一片狢褙，爺爺也渾身抹了漿糊。沒辦法，爺爺再換來糖水，甜滋味的糖水或許能蒙混過關，可是閉著眼睛的父親依然還是不吃那套。爺爺仰天長嘆：「小冤家你想喝奶水，別要了你媽的命啊。」

2

奶奶是滿族人，爺爺是漢族。那時候滿漢通婚，是有條件的。我猜想打動奶奶的，除了爺爺堂堂的相貌，還應該有他的勤勞、能幹，和質樸的品質。

爺爺當時是一家豆腐房的夥計，更早的時候，他是馬夫。當馬夫的爺爺，餵馬、訓馬，把東家的活兒料理得井井有條。爺爺祖輩雲南，因為戰亂，一路陝西、山西、山東、遼寧，直至黑龍江，這塊地廣人稀的繁茂土地，讓他們扎了根。爺爺比較聰明，在餵馬之餘，偷偷學會了做豆腐的手藝。做豆腐是一項更辛苦、更細心，技術要求也更高的勞動，因為他們的豆腐長年供應奶奶父親的大營。奶奶的父親當時管著一個甲喇，是帳中參領。這天做豆腐的老豆倌病了，起不來炕，爺爺不但替他做出了一鍋美味的豆腐，還親自擔當送豆倌，前往兵營。

這就相遇了奶奶。

滿族的姑娘喜歡㗉鞦韆，奶奶已經十五歲了，還經常跟她的妹妹玩這項高風險，也險中有樂的童齡遊戲。她們的鞦韆是動物皮子編結的，特別結實。腳下的木板有松木、樺木，日久摩擦得像光滑的理石。這天，姐妹倆越盪越高，比著賽地玩膽兒，炫技。牽著白馬來送豆腐的爺爺，遠遠地就看見了她們。

爺爺是第一次來到兵營，心情非常緊張。他看過姑娘，又用眼睛找尋兵營的正門口。正門口養著兩條狼狗，緊挨著是幾十匹正在吃草的馬，非常壯觀。爺爺正緊張著，讓他更緊張的一幕出現了：人已雲端的奶奶，腳下的木板劈飛了，飛掉的木片鏢一樣擊中了正在悠閒吃草的馬，馬瞬間成為驚馬、瘋馬，牠的狂奔毫無目標，所有的人和物都是蹄下之塵……，跌落的奶奶正掉落在馬的前蹄——情勢萬分危急，爺爺平時練就的本事有了用武之地：他一隻有力的胳膊伸出去，力臂美人；另一隻長年擺弄馬的巨臂大手，狠狠一勒，擎住了馬韁。

漂亮！連多年玩馬的滿兵們，都嘆服這個漢人的好膂力、好身手。

救命恩人，以身相許，不只是舞臺上的專利。況且爺爺很英俊，在那個刀耕火種的年代，四肢強健就是美。奶奶的心動了，奶奶的爸爸也覺得這個漢族小夥子不錯，夠漢子。可是貧窮，地主家的長工、漢民等等這些身分，讓身居甲喇額真的老父親，斷然地搖了搖頭。

3

沒有奶水的父親，向這個世界抗議的唯一方式，就是嘹亮的哭聲。他的哭，低低高高，峰迴路轉。睜開眼睛有勁兒了，就大聲地哭，哭上半天沒力氣了，轉成小聲，「啊哈——啊哈——啊哈

——」哭得上氣不接下氣，扯得爺爺耳鼓生疼。按著習俗，嬰兒在第二天，是該有人來給「開奶」的。「開奶」就是找那種孩子多、體格壯的婦女，來給孩子餵上第一口奶。預示著該孩子以後也會像該婦女一樣，強健，壯實，生命力頑強。由於父親當場「妨死」了奶奶，他的開奶儀式沒有如期舉行，因為一般的婦女，是不願意接受這一任務的，「這個孩子命太硬」。她們會找各種理由，拒絕這一趟義務。「命硬」的孩子，誰敢碰邊兒？

爺爺倒也沒有強求，他把豆腐汁兒，攪拌熬熟了當奶，餵給父親，父親不上當；爺爺又把土豆塊、土豆條，磨碎研粉煮成糊，誘到父親嘴邊，說土豆泥最有營養了。父親伸出一隻小拳手，一拳擊灑這有營養的土豆泥。爺爺沒辦法，又弄來了山羊奶，山羊奶發著膻哄哄的膻味，父親眉頭五官皺成了小老頭兒，聞一下都躲。爺爺說：「你不吃這，不聞那兒，小崽子你到底想幹什麼呀你！」

更讓爺爺為難的，是對「小崽子」的包裹。漢人在伺候小孩兒這一習慣上，已經完全滿族化了，嬰兒無論是睡著還是醒來，胳膊和腿都是捆緊的，用上下兩段紅布帶，分上下捆牢。這樣的孩子會長高，四肢也筆直。擅長飼馬、開粉房做體力活的爺爺，實在不擅炕上這個軟乎乎的小東西，一抓就軟，渾身皮包骨頭，讓爺爺都不知從哪裡下手。爺爺捆不牢他的胳膊，綁不直他的腿，一切女人備下的東西，在爺爺手裡都成了高科技。鄰居瞎奶奶實在看不過去，過來幫忙，說：「福義，男人再能幹，有些活還是要女人來做的。你別再犟著了，鄰居那個女人，對你也不錯，看得出真心。醜是醜點，把她娶過來吧。」

鄰居那個女人，就是爺爺做長工時東家的女兒，小時候睡在炕上摔了下來，脖子摔歪了。爺爺跟奶奶相思難見的時候，那個東家的女兒也喜歡上了爺爺，並一輩子沒有出閣，守在了家裡。現在奶奶沒了，瞎奶奶鼓勵爺爺續了東家女兒這根弦。瞎奶奶說：「這日子，都是成雙成對的，雙橋好走，獨木難行。你看那門鎖，扣子，也都是一公一母的，走了單兒，不好活。」

爺爺謝了瞎奶奶的好意，爺爺還在深切地懷念著奶奶。奶奶多年輕啊，十七歲的姑娘，他們的愛情剛剛開花、結果，兩情相悅得形影不離。奶奶懷了孕，按規矩是忌諱牽馬、走近馬棚的，奶奶愛爺爺，她每天就站在門口，遠遠地遙望，一直望到爺爺料理畢一切，邁著輕快的步子，走回屋來。

他們的新生活剛剛開始啊。

夜半的時候，爺爺望著奶奶的照片：「宛蘭，我們走到一起，是多麼地不容易！妳怎麼就捨得扔下了我和兒子！唉，老天妒良緣？」

那個晚上，如果不是奶奶家的群馬病因不明，已經帶著「歪脖」來告假的爺爺，他的故事，也許主演就是「歪脖兒」了。

4

救下了奶奶的爺爺，人家姑娘臉未紅，他先紅成了關公。奶奶的爸爸當即要賞恩人馬車一輛，糧食五升。意思很明顯，恩物相抵，情恩兩訖。爺爺當時的表現很不凡，他既沒有再看姑娘一眼，也沒有接受這個參領的盛意，他放下了他該放下的豆腐，請那人過了數兒，然後拉過他的白馬，說「走了」就回城了。

像什麼事都沒發生。

第二天，奶奶早早地打扮好，趴在營篷的大帳裡，從帳篷縫兒向外看。她僥倖地等待著天上掉下的這個漢人小夥，今天還能來。可是，她失望了，十點鐘，走進院落的，又是那個老豆倌。老豆倌放下豆腐，兩方數數兒，交接，然後幾分鐘後，人就走了。

一連多日。

每天奶奶看著老豆倌放下豆腐，轉身，牽馬，走沒了影兒。

第七天，奶奶發起了高燒。

幼蘭說：「姐姐的病是驚嚇的。」

她們的繼母說：「當天沒有驚嚇，怎麼過去了這麼多天，倒驚嚇了呢？」

幼蘭說：「姐姐都燒得說起了胡話。」

奶奶的爸爸，這個管著一千多號人的老甲喇，他不願意早沒娘的女兒再受委屈，他請來了「薩滿」，也是方圓百里最有名的神漢，本地人叫他「大神兒」。大神兒細高的個子，半男半女，半人半仙，布好了場子，清退一切閒雜，口中唸咒，搖鈴晃鼓，給屋中的奶奶驅邪。馬精附體，意在壓驚，連作了七日。奶奶的病情很奇怪，每天上午，她都沒病，好人一樣能起床，能走動，還能到帳子以外，走走看看，精神得很。十點鐘過後，老豆倌送完豆腐，奶奶就回屋了，她再躺回到炕上，眼望天棚，不吃不喝，直到第二天。

無聲無息。

最明白姐姐心思的，當然是她的妹妹幼蘭了。那天驚馬，她也在場。說實話，她都喜歡這個漢族的小夥子了。擅騎馬射箭的幼蘭，給姐姐出主意：「天天這樣躺下去，什麼時候是個頭兒啊！乾脆，等老豆倌再來，我們跟他去好了。看看那個漢人，到底住在哪兒。」

「找到他能當面跟他說？」

「不說他還不明白呀！」幼蘭比姐姐簡單。

奶奶一想，也好，採納這一主意。

好像是心有靈犀似的，奶奶在這邊下定決心，破釜沉舟。爺爺那邊，形勢也不妙啊。爺爺的東家女兒，也長成了少女的「歪脖兒」，她對爺爺懷春了。她給爺爺繡了一件紅彤彤、暖洋洋的肚帶。這是漢家女子最摯真的表白。

爺爺沒敢接。他的心，更亂了。

兩相比較，爺爺肯定是更喜歡奶奶的。奶奶高大、白皙，滿族女人的高鼻闊嘴，還有深陷的眼睛，都讓她有種別樣的美。滿族女子還是天足，和纏足纏得小小年紀走路就像老太太的東家姑娘比，奶奶一定是更有優勢的。何況他們還有過那千鈞的一抱，萬載的一險。

一抱一險，兩顆心已經認定了前世今生。

5

懷上了孩子的奶奶，她臉上的笑容就像路邊的野菊花，開了一茬又一茬。她幸福地想，這一輩子，是跟馬分不開了。爺爺屬馬，現在胎中的孩子，也屬馬。奶奶她們那時，沒有B超。判斷腹內是男是女，憑的全是經驗。「男孩像鍋，女孩似盆兒。」「姑娘打扮媽，小子醜化媽。」說的都是個中道理。懷了男孩，他和母親是相對的，撅著屁股，使母親的腹上，就像扣著一面小鍋兒。而女孩兒呢，和母親是同向的，臉朝上，這樣，母親的腹部就呈盆兒狀。還有，懷了小子的婦女臉上會一圈一圈地長斑，不好看，由此說小子醜媽；而懷了女兒家呢，臉上不長花兒（斑），相反，還會紅撲撲的，桃紅李豔的。奶奶的臉上有了色素沉澱，肚子也像個小鍋兒，雙重跡象表明，她腹內懷了一匹小馬駒兒——沉浸在幸福中的奶奶才不在乎自己的美醜，懷了男孩，像自己的丈夫一樣又是一匹駿馬，還有比這更讓女人興奮的嗎？她們滿人，最崇尚的就是馬了，好馬是她們心中的神。馬和箭，江山之兩翼。

隨著日子的臨近，胎位有異，這個孩子恐怕要立著生了。產婆已經給過奶奶這樣的昭告，但信奉「立生官兒」的奶奶，聽其了自然。和兒子的宏圖比，母親的一虞，又算什麼呢？真龍天子不敢說，生個比甲喇更大的官，都統、固山額真（統領八旗的一種職位）什麼的，奶奶還是不拒絕的，內心也是歡喜的。

她還憧憬著，當她的兒子滿月這天，按滿人的規矩，回門，回娘家的時候，她這個做了婦人的姑奶奶，手把兒子的頭對著門柱磕時，一定要輕輕地，千萬別磕疼了心愛的小馬駒兒。據說這一磕一撞，以後的孩子就結實了，強壯了，禁磕禁碰，好養活了。

可不能磕疼了孩子。奶奶想。

6

老豆倌一回頭，看著身後策馬追來的兩個「小夥子」，老豆倌火眼金睛，一下子分辨出她們是改扮的丫頭。老豆倌不敢大意，心下也明白了幾分。他停下來，說：「姑娘，妳們這是要到哪兒去啊？」

「去你的東家看看。」幼蘭倒也乾脆，她替姐姐回話。

「噢，可是老東家，輕易不讓生人進啊。」

「我們是生人嗎？你就說我們是你天天送豆腐的大營嘛。」

「大營哪有姑娘家呀。」

「我父親，你提我父親。」

「妳父親要是知道我把妳們領到這麼遠，還不『馬拖』我啊。」

「我們就說是我們自己來的，跟你沒關係。」

「我們只想讓你把那個攔驚馬的小子叫出來。」奶奶心急得忘了羞怯。

「噢，」老豆倌聽明白了，「福義啊。妳們找他。」

奶奶說：「那天他的救命之恩，我還沒有當面報答呢。」

老豆官笑了，說：「姑娘，謝恩人可以，只是妳們出來工夫大了，妳爹會著急的。這麼著好不好，妳們先回去。等明天，我還讓福義來送豆腐，有什麼謝妳們當面來，好不好？」

「你說讓他來，他就能來？」奶奶不信。

「當然，我身體老了，也跑不動這麼遠的路了啊。」

老豆倌捶著腰。

第二天，老豆官果不食言，來送豆腐的，真的是爺爺。那個身材勻稱、相貌周正、一笑牙齒生輝的漢人小夥子。爺爺的突然出現，讓將信將疑，因而也沒有好好打扮的奶奶措手不及。她快速地再加件衣裙，讓妹妹幫她戴上了一朵野花，覺得不滿意，又把指甲到盆裡浸了浸，那裡面是染指甲的植物花水。奶奶邊整飭邊快速地想：他來了，也就十分鐘啊，十分鐘過後，沒有別的理由，他又將像每天送豆腐的老豆倌那樣，走人了。

人一走，影兒也看不到了。

奶奶顧不了許多，她大步奔出來，上去就塞給了爺爺一支金釵。那是她們僅有的，表達愛，也寄託愛的方式。

爺爺舉著金釵，接也不是、藏也不是地正愣著，老甲喇走了過來。他很熱情地向爺爺打了招呼，還叫他「漢人裡的鷹」。他說：「謝謝你那天救了我的蘭兒。她這段身體不好，一會兒，就讓她妹妹陪著，跟她額娘，去龍山的廟裡進個香，許個願。等她身體好了，我帶她親自去還願。」

「龍山？那不是在很遠的，幾千里外的一個廟嗎？那裡好像都沒有多少人煙。女人去，夠嗆吧。」這些話爺爺在心裡說，他沒敢問出聲。

幼蘭說：「姐姐的病，全好了。」

老甲喇說：「還是去一趟，去根兒的好。」

爺爺每天去送豆腐，都要把他那頭鋼針一樣的硬髮，悄悄用東家豆餅上的殘油，抿幾下，抿倒，抿成城市青年的三七式，偶爾也抿個中分。他不知道哪一天，奶奶會突然出現。女為悅己者容，同樣適用於戀慕中的男子。

爺爺的豆腐車上，有時是一束火一樣紅的野山花，有時是一把剛剛紅的山丁果。有一次進城，他還用一塊銀元，換來了一塊翠綠翠綠的緞綢，那是他準備獻給奶奶的。爺爺每次走，都比從前老豆倌的交接時間長，他磨蹭一會兒是一會兒，那個院落，流下了他的汗水，也留下了他期盼的眼神。他多麼希望，奶奶還能像他第一次見到的那樣，在興高采烈地打鞦韆啊。

好久的分別。

老甲喇承認這個漢族小夥子不錯，樸實，能幹，不多言，不多語。每次廚房讓他歇歇腳，他都守本份地回絕，水都不多喝一口。老甲喇知道他是「好樣的」，可是若把大女兒嫁給這樣一個漢人，他還是不甘心。帳中有多少馳騁疆域的好射手，在等著他選啊。

奶奶知道老甲喇的用意，她跟妹妹再商議，怎麼能讓老父親死了這個心，同意她嫁給這個漢人呢？妹妹幼蘭眼珠一轉，再生一計。

7

「男修車前車後，女修產前產後。」這一民諺無論是漢人還是滿人，都小心遵奉並身體力行。厚道的爺爺，他不惜力氣，窮人家遭難了，他會不吃飯、不要工錢地幫人家幹上三天活兒。門前有乞丐要飯，他把他們請到門簷下避著風就口熱水吃。還有一次大洪水，很多財主資財都不要了，急著逃命。爺爺一人連著背了三個老太太過河，他是最後才逃生的。幫助孤寡，扶助貧弱，爺爺力所能及地幹過很多好事。奶奶也是，自從有了身孕，不坐鍋臺，不進馬棚，不帶著「雙身板」去別人家，凡是孕婦應忌的一切，她都謹記。初一、十五，她還去給「佛托媽媽」燒香，她祈求這個神姑奶奶，保佑她們母子，平安……

「宛蘭啊，我們是犯了哪條天條？」爺爺悲苦長嘆。

父親是在哭聲中長大。無論是把他擱進搖車，還是放在炕上，只要父親有一絲力氣，他就哭。他一定是在哭他的奶水，他的媽媽。生下來，母子就是永別。也只有在他漸漸長大了，才越來越體驗了這一徹骨的苦痛。別的嬰兒，開奶啊，抱上悠車，回門啊，這些母親攜愛子一項一項要進行的儀式，他一項都沒享受過。在他的眼睛裡，來過一位慈愛的、像媽媽一樣的女人，那是小姨幼蘭。幼蘭已經出嫁了，嫁給了兵營裡的一個射手。外公對愛女難產死亡，心懷記恨，他認為漢人在接生這一關上缺少經驗和能力。兩家淡涼了往來。倔強的爺爺，也倒沒去低三下四，他堅信，一個人，也能把孩子養大。

為此，他還堅持不娶。

那個「歪脖」倒時常來幫爺爺照看這沒奶吃的「小崽子」，沒有生育過的她，包裹孩子，技術上還是無師自通的。可惜的是她沒有奶水，抱著這個一直在找奶的孩子，在懷裡亂拱，歪脖阿媽滿臉通紅。

以哭度時光的父親，六個月的時候，他那寬闊的臉盤上，只剩下了一雙大眼睛，和比筷子粗不多少的四肢了。

爺爺聽人說，春天的鯽魚湯，最鮮，最有營養。給女人喝，女人的奶水如長江；給孩子喝，孩子的皮膚像氣吹，能迅速地發胖，潤澤。爺爺那天把粉房關了，把父親託付給歪脖阿媽。他自己，借上膠衣膠褲還有膠皮伐子，帶上中午的乾糧，他想去河裡打魚，用鯽魚湯，調理瘦成木乃伊的父親。

春天的江河還沒有完全化開，大塊大塊的冰排，小冰山一樣移來，非常壯觀，也特別危險。並不擅水的爺爺，穿上膠衣膠褲，放下皮伐，向深水划去。

8

幼蘭的第二計類似後來的虎妞懷揣枕頭，不同的是奶奶不是嚇唬爺爺，而是威逼她父親。不知道是她們抄襲了後來的劇本，還是後來的劇本在創作時改編了她們的故事，由頭如出一轍，結局也差不多。中間有一點小波折，她們的繼母額娘，識破了軍火，伸手就把那個小枕頭拽了出來。

幼蘭羞憤，奶奶難當。

恰在這時，令兵來報，大事不好！棚裡的馬，正在一匹匹倒下，症狀差不多都是一樣，先是騰空四蹄，蹦，然後轟地倒下，抽搐，口吐白沫。

有人下毒嗎？老甲喇一陣心疼。馬就是他們滿人的腿啊。他令報兵再叫獸醫，和有經驗的老馬倌。老甲喇說著話，兩隻腳騰空得像四蹄，奔向馬棚。

這一天，爺爺是該上午來送豆腐的，不知什麼原因，太陽都偏西了，他還沒來。到底發生了什麼大事？奶奶也隨老甲喇來到馬棚，她的心卻牽繫爺爺那邊。

老馬倌講了餵馬情況，跟平時沒什麼兩樣，他也不知為什麼，這些馬突然就這樣了。以前沒有過啊。

獸醫來了，他摸摸這，試試那，像試人鼻息一樣，試馬的鼻息，一匹老馬，就在他試息中，慢慢沒氣了。

然後，又是一匹。

馬們在掙扎，打滾，倒下。打得老甲喇心頭一陣陣破碎。抱住一隻馬頭，淚如雨下。

大營裡人慌馬亂。暮色中，爺爺打馬來了。他的白馬，他的紅臉膛，他急咻咻的一頭汗。馬上還坐著歪脖姑娘。爺爺說，老東家今早出事了，突然的就不醒人事。爺爺說這一屜的豆腐，因為送晚了，就不要錢了。

爺爺說，他要幫助老東家料理後事，明天來送豆腐的，就是這個姑娘。她今天跟來，是認認路。

認路？奶奶的眼裡一下子沁出淚。

幼蘭機智，她說：「福義大哥，你不是會餵馬、馴馬嗎，你來看看，我家這些馬，是怎麼了？」

「小夥子，你有本事救了我的馬，宛蘭就歸你了。」奶奶的父親說。

9

爺爺那天，一條魚都沒打到。他光顧著躲避河面上的冰排了，忘了防備水下的樹枝。暗流中，樹枝刮漏了皮伐子，漏氣的皮伐子像一隻打著旋兒的黑陀螺，越來越癟，越來越陷，終於沉得沒了蹤影。

爺爺葬身冰河。

一出生就沒了娘，六個月，又要了爹的命。

「這孩子命太硬了。」這是所有人的共識。

父親的命確實很硬，沒有奶水，沒有父母雙親，他竟也長到十六歲了。歪脖阿媽收養了他。歪脖阿媽後來身體不好，抽起了大煙。東北姑娘的大煙袋，說的就是歪脖阿媽的形象。

沒有雙親的父親，終於懂事了，他活得格外小心，也非常勤勞。這一點他像了能幹的爺爺。雖然這樣，喜歡抽煙袋的歪脖阿媽，還免不了用那拐杖一樣長的鍋柄，猛刨一下幹活不中意的父親。

父親身材高大，十六歲，就長得相貌堂堂了。上天好像後悔了，那麼小就讓他沒了娘，還剝奪了他父親的愛。似乎是為了補償，上天給他送來了一個姑娘。富家女愛上窮青年，在父親身上，又一次演繹了這個故事。

母親是哈爾濱人，和她的媽媽因為商人姥爺破產自殺，流離到這個叫北林的小鎮。情竇初開的少女，毫不猶豫地愛上了父親——眼前的青年和她見慣了的那些城市二流子相比是多麼不同啊。一雙手一把子用不完的力氣，他的汗水，他古銅一樣的力臂，還有那張因混血而生機勃勃的臉，是多麼可愛，多麼地不同尋常。過慣了榮華的母親，對清貧的日子，倒充滿了好奇。

一年後，姥姥再回哈爾濱，重續奢華的生活。母親沒有跟她走，不稼不穡的母親，用一幅親手編織的線手套，表明了她愛情的決心。後來的日子，不擔不提的她，每天任勞任怨跟在丈夫身旁，男耕女織，繁生命的家園。

10

妙手的爺爺那一天分開眾人，也強硬地推開了抱著馬頭的老甲喇。他走上前去力大無窮地拖起了馬後部，提，拉，扭，甩，還像給女人婦檢一樣，在馬的肚子上輕輕地揉、推，輕輕地按……，一匹匹馬在他的手下喘息了，復活了，不吐了，也不打滾兒了，有的還慢慢睜開了眼睛，一點一點，抬起頭，脖子昂起，再然後，能站起來了。甩尾巴，打馬鳴了——馬們得救了！老甲喇淚花閃閃，再一次上去抱住馬頭，一匹匹撫摸，像在撫愛自己的兒子。快馬傳來的那個老獸醫，和周圍的滿兵，都對這個漢人小夥子，豎起了大拇指。

爺爺指示他們再去拿一些鮮嫩的芨芨草，由他像餵嬰兒一樣給馬逐一餵下。爺爺說這些馬，是中風了，撒蹄跑熱了全身有汗，就吃冷豆，才會出現這些症狀。爺爺還給一匹待產的老馬，順利地接出了小馬駒兒，馬們添丁進口，老甲喇比生孩子還高興。他要給爺爺重賞，收入帳中封官加爵。爺爺說：「官兒我就不要了，我把宛蘭領走就行了。」

老甲喇哈哈大笑，言而有信，他當著眾人的面，宣布了奶奶的大婚。

那一天，有情有義的奶奶，還隨同爺爺幫助歪脖姑娘，料理了老東家的後事。爺爺因為奶奶的陪嫁，結束了長工的生活。和奶奶一起，開起了他拿手的，豆腐兼粉房。粉房是東北的一大特色，以土豆為主。爺爺做的粉條晶瑩、勻稱，遠近聞名。他們的粉房開張那天，爆竹聲聲，同一天晚上，為愛情蹚過了千山萬水的兩族男女，點起了花燭。

然後，就有了父親，有了我。

生生不息。

一盤五子棋

如果項蘭有先知，她不會生拉硬拽老章跟她下那盤五子棋。那天父親的病情見好，從床上起來了，能下地了。他還胳肢窩下卡著拐杖，一步一步，站到了窗前。上午電視劇裡沒他滿意的節目，一樓的窗外，成了他的風景。家家都安了鐵柵欄，人在裡面，像在監中。

下班回來的項蘭是抄的近道，舉起自行車走齊腰高的「之」字形鐵管，放下自行車猛蹬，衝到窗前就看到了父親。老父親也認出了她，驚喜之下臉上是一陣劇烈的撕扯，上下左右，肌膚和神經肉搏，本想笑，扭扯幾下竟自哭了。自從父親患了腦血栓，喜怒已不由己。醫生說，這是腦血栓者的正常現象，腦神經不聽使喚了。常常笑著笑著就變成了哭。醫生說患了這個病的人都這樣，不用往心裡去。項蘭的表情跟父親差不多，她也是想衝父親笑的，鼻子卻酸酸的，喉頭哽得發熱，灼得兩個眼圈兒通紅。

拐過樓頭放下自行車，車很破，小偷都不偷的。一樓潮濕，光線也不大好，下水口是絲絲縷縷永遠也飄不盡的異味兒。大家本來是張羅著給父親換到二樓或三樓的，那時母親還活著，當時開春兒就有這個打算。可是父親病了，血栓拴住了一邊的胳膊、腿、半邊的臉，還有五個手指。整個人就是半邊有感覺，半邊能動。出來進去，靠的全是輪椅，這一樓倒成了方便。母親伺候父親的第二年，硬生生的她，咳過一次血絲，然後就住院了，再然後，先於父親走了。社區裡有很多這樣的人家，大家說，沒殘的生生給有殘的累死了。母親的突然離去，讓大家感受了失去親人的哀慟，明白了什麼都可以再來，惟逝去的親人，此生不能複製。對父親的護理加倍細心了，大哥制定了輪值制度，兄妹四人，每家照顧父親一個月，不分有工作、沒工作，退休了還是在崗，那都是自己的事。

孝敬老人，人人有責，男女平等。鑑於兄妹幾人有住四樓的、五樓的，最小的弟弟家還住在七樓，頂層，他們是沒法抬著輪椅上下樓的，父親的這個一樓，就成了根據地。

這是個不富的城市，有電梯的住宅樓還很少，街兩邊及縱深處，老舊的破居民樓遍布。

父親的家進行了重新的布置。父親那屋，一臺電視機，消遣了下午和晚上的大部分時光。空調，是大哥獨資給安裝的，讓對「男女平等」有意見的姐妹閉了嘴。項蘭她們這屋，完全是值班室的樣子，兩張單人床，頭對頭靠在牆上；一張桌子，用來寫字，也用來下棋──喜歡刺繡的大嫂，還把它當成花撐子、五彩線的展覽地；弟媳愛占小便宜，總把家裡的活拿到這兒來幹，剪剪鞋樣啊，糊糊袼褙啊，這桌子就成了她工作的案板。到了項蘭這個月，她既不繡花也不給孩子做鞋，除了章魚兒寫字，她就用來跟老章下棋。

平時，老章解悶兒的工具是看書，項蘭除了陪父親說話，伺候父親洗漱，待父親睡了，或專心看電視時，她就回屋要求老章跟她下棋。老章的全名叫章五車，項蘭嫌麻煩，常省略為「章五」，有時也叫老章。老章長年不離手的東西，就是那些大部頭的書，他們都是師範大學的老師，章五半輩子過去了連個部門副主任都沒混上，項蘭也一直停留在初級。不求上進，跟他們各自的家境有關：章五的老婆走了，不知是因為他不上進，還是因為她走了他就更不上進了。項蘭照顧老父親，父親沒病的時候，她跟老母親玩棋，玩撲克，玩麻將。作為老姑娘的項蘭，活得無憂無慮。跟章五結婚時，章五的女兒小章魚兒都十歲了，為了讓家庭和諧，章五捨棄了讀書的樂趣，轉戰到下棋上，哄項蘭高興，也是讓女兒開心。

那時項蘭根本不是對手，輸和贏全是老章在控制著賽局，想讓項蘭傻樂，就輸一盤；想激起她的火兒，就贏她，一盤接一盤，絕不手軟。項蘭這個女人在別的方面都比較遲鈍，偏偏下棋上，是個好勝的女人。她刻苦鑽研，潛心琢磨，沒人的時候，自己擺棋譜。直至有一天，她發現自己完全可以和老章換位了。

想輸就輸，想贏就贏，那是什麼境界。

項蘭哈哈大笑了。

今天是週五，女兒章魚兒本不該回來，她住校。她回來說，學校有什麼活動，調課了。學校就給她們放假半天兒。女兒在家，章五多了份操心，怕她擾了姥爺。項蘭是把家務好手，她眼快、手快、嘴伶俐，進了屋，給大家開飯，給父親餵飯，不知她的飯是怎麼吃的，反正大家吃完了，她也吃完了。又給父親擦了臉，清潔假牙，用過廁，服侍老人躺下，瞇著了，她才回到章五這屋。小章魚兒坐在桌前寫作業，章五看書。

項蘭說：「今天爸能自己站起來了，太好了。站得工夫不短吧？」

章五說：「是不短。我都怕他累著了，再倒下，那就麻煩了。」

「這種病就怕反覆，來第二次。」章五說。

「怕倒也得活動，還是儘量多活動。不活動好人也呆完了。」

呀。」

「這我知道。醫生說這種病最好交由康復中心去訓練，強度大，見效也快。可是你們捨不得

項蘭說：「當然，那次去看，一個個齜牙咧嘴，掰胳膊抻腿，國民黨渣子洞受刑似的。大哥一看都受不了，有親人，誰捨得送那兒啊。」

項蘭說：「剛才下班看老爸手扒鐵柵子，牢獄一樣。我琢磨著哪天太陽好了，咱把爸推出去，輪椅上多蓋兩層毛毯，去公園遛達遛達，曬曬。」

「可別瞎整。醫生說冬天裡哮喘最容易復發了，妳爸現在剛穩定，千萬別弄感冒了。上次醫生不是叮囑咱們冬天裡別帶他出門嗎？等過了年，開春兒吧。」

「開春兒？唉，還得仨月呢。」

坐在桌前寫作業的章魚兒說：「這裡的冬天最沒勁了，天天看不見太陽。除了灰濛濛的煙，就是灰乎乎的塵。」說著她放下作業本，走過來拉章五的胳膊，說：「爸，你也帶我們去南方吧，像我同學家那樣，她們說那邊冬天的海水都是不冷的。」

章五用嘴呶了呶女兒：「妳不是要考試了嗎？先專心寫妳的作業吧。」

章魚兒不動。

「好好學習，中考考出好成績，咱們就都去。」

「姥爺呢？怎麼去？」

章五沒再回答，給了她個面沉似水。項蘭馬上打圓場，說：「小魚兒如果累了，就歇一會兒，

玩玩兒什麼也行。」說著她端起她的棋盤，想跟小魚兒下棋。在章五的目光下，她打消了這一念頭。章魚兒悻悻地轉過身，回到桌前，狀似埋頭看書，也像思考，腦袋半天都不動。

她現在初二了，明年中考。中考的要義，可怕，成敗利害，她聽過一萬遍了。還好，這些都是聽同學說的。她的父親，本來不像母親那樣逼她、嚇她，父親只說：「人生無非是體力和腦力，妳不喜歡腦力，就去體力；不喜歡體力，就腦力。腦體都一樣，哪樣也不輕。」

章魚兒分辨不出這是好話還是壞話，是在哄還是在勸。媽媽當年可不是這樣，她天天都是死逼，一直告誡她體力的可怕，體力的沒有尊嚴。讓她學習，讓她學出好成績、學得有出息……。媽媽的那套教導，隨著和父親的分手，現在對她已經是鞭長莫及了。她由跟媽媽的一週見一次，到一月見一次，直至後來的一年，現在的無期。媽媽已經不在這個城市了。

現在的項蘭阿姨，沒有媽媽有錢，也沒有媽媽吃得好、穿得好。她跟媽媽是同樣的學歷，可是她上下班還騎個破車子，媽媽坐著飛機國內外地跑。也許，這就是媽媽一直強調的差別吧。項蘭阿姨不逼她學習，有時還跟她下棋、唱歌。章魚兒上次考了班裡的四十多名，這要是媽媽在，非發瘋掀掉了房蓋兒才算。

不過越是這樣，章魚兒的心裡越發毛。她小時候是愛動的，爸爸才管她叫小章魚兒，說她全身都是爪兒，一刻不安份。現在呢，她安靜了，靜得心裡像憋著一團火。父親好像接過母親的槍了，從前他們在一起，父親是不大管她學習的，每每在母親的嚴格威逼下，父親還講情，甚至包庇她。那也是他們經常吵架的原因之一。現在，爸爸像媽媽了，項蘭阿姨倒像爸爸了。她真的希望，爸爸還是爸爸，媽媽和項蘭阿姨合成一個人，要是那樣，生活就太完美了。

或者，媽媽有項阿姨那樣的脾氣，項阿姨有媽媽那樣的生活。

現實是如此兩難。

章魚兒看著作業本，後背上像有了眼睛。她晃了晃頭，努力集中自己的情緒。照顧姥爺的這個月，爸爸的午睡取消了，多數時候，他在看書。項蘭阿姨想跟他下棋，他怕影響章魚兒，就不下。他們這個家，她和姥爺是重點。吃飯上可著姥爺，時間上可著她。

她更懷念小時候，沒有上學的時光。那時候，整天都是快樂的。

這種沉悶，讓她專心學習，她感到壓抑。

項蘭在另一床瞇了有十分鐘，說：「對了，老章，我弟媳早晨拿來的那隻鱉，還在水裡吧，你去處理一下，我好把牠燉上。弟媳說那東西且費功夫呢。」

章五向廚房看了一眼，說：「讓我殺老鱉？處理？夠嗆。」

「你不殺誰殺呢？活著燉？」

「我殺。」章魚兒脆生生地說。她一起身把作業本嘩啦帶了一地。除了看書、寫作業，章魚兒覺得這世上任何事都是好玩的。

章五撂下書，兩腿耷拉到床梆上，從眼鏡後面看著女兒：「妳敢殺老鱉？」

「那有什麼不敢？上次我們同學去郊遊，大夥兒還弄死了一條蛇呢。」

章五沒說話，眼睛看著牆壁，眼鏡滑到鼻樑上。

項蘭說：「這其實也沒什麼可怕的，跟殺雞、殺魚一樣，該怎麼下刀怎麼下刀。」

「對，就剁唄。」章魚兒說，「我們同學當時都把蛇剁成兩截了，分了段兒還能動呢，滾來滾去，又嚇人又好玩兒，特刺激。」

章五欲言又止地看著女兒，無聲地接過項蘭遞過的圍裙，紮到腰間，步伐猶疑地向廚房走去。

項蘭給弟媳打手機，討教老鱉的殺法，及做法。

弟媳說：「這東西吃鹽，妳只要用兩塊案板，一塊上面放鱉，一塊放一撮鹽，擺在老鱉面前，待牠去舔，趁牠一伸頭，一刀下去。」

「下刀要利索，不然都遭罪。」

弟媳是賣元魚的。她們北方人，並不懂得元魚的好處，包括賣魚者本身。只聽說這東西煲湯，能大補，有病治病，沒病健身。平時的銷路，主要是公款飯店。吃客，也多是公款消費的人。一般的百姓，都搞不清鱉和龜的區別。今天早晨，項蘭還以為弟媳拿來的是烏龜呢。

知識剛剛普及。

項蘭聽著手機，一一重複，老章說：「太血腥了，太血腥了，大清時的刀斧手，也不過如此。還誘鹽，還剁頭，殘忍啊，殘忍。」

餵鹽誘頭的招術讓小章魚兒感到新鮮，這可比枯燥的作業有意思多了。老章還在獨自感嘆，小章魚兒已把老鱉提出了水面，放到了案板上。老鱉似乎知道了自己的死期臨近，出了水，就眼睛一閉，不動了。

擺上鹽也無動於衷。

老章用刀背兒輕輕磕了磕。

鱉略微動了一下，意思是知道你們的陰謀。

小章魚兒說：「老鱉，老鱉，你是馱過唐僧他們的那隻老鱉嗎？」

鱉像聽懂了，牠探了一下頭兒。

「那你今年多大了？得有一千歲了吧？」

老鱉竟睜開了眼睛。

小章魚兒用筷子蘸了鹽，送到老鱉殼前：「吃吧，吃點兒啊。」

鱉聞到了味兒，開始一點點伸頭，像鵝一樣，向前觸。

筷子一下撤了。

刀落。

老章的上齒咬住了下唇。

怕濺血，又往後蹦了蹦。

元魚都下鍋一個多小時了，老章也沒有再拿起他的書，小小的房間，他來回踱步，嘴裡念念的是朱自清那篇散文：「這幾日，心裡頗不寧靜，剛剛，殺了一隻鱉……」他像祥林嫂一樣的反覆地重複，讓項蘭哭笑不得。剛才，處理內臟時，他們都想起了章魚兒說的蛇都剁成幾截了，還在動。這隻流光了血的鱉，已經變成一張皮了，浮在水裡，牠的爪兒，還在掙扎。雄性的器官，異乎尋常，他們從來沒見過，老章不知把這個東西是去掉還是留著。項蘭每次掀鍋加料，都背著身子，她不看，她覺得自己的五臟六腑一直在翻……

父親醒了，他在那屋裡說：「什麼味兒啊？」章五和項蘭都走過來，項蘭走得最快，小章魚兒緊隨其後，章五落在了後面。小章魚兒說：「姥爺，我們給你燉鱉湯了，老鱉，我殺的，你聞到香味兒了吧？」

「你敢殺鱉？」

老父親仄歪起身子。

「別聽她瞎說。」章五一把把小章魚兒拉到後面，說：「爸，項蘭聽說元魚大補，給你燉湯了。一會兒好了就起來喝。」

老父親一撇嘴：「燉那個幹什麼?!盡禍害人。」

「誰吃那玩意呀。」老父親邊躺下邊說。

「姥爺，你不吃我們白剁了，剛才剁鱉頭可費勁呢，要先騙牠吃鹽，頭才剁掉了。頭掉了牠還能爬呢。」

章五看著牆上的石英鐘說：「魚兒，妳該返校了。收拾收拾走吧，冬天天黑得早，別遲到了。」

小章魚兒一吐舌頭，說：「我還想等湯好了看看老鱉呢。」

四點三十分，是老父親每天守望電視劇的時間。他就像個遵紀守法的好學生，到這個點兒，必須起來，端倚到床上，或乾脆坐正。四十集，一集不落，一直看到今天。守時，專注，一絲不苟。項蘭說老父親是民族文化產業的生力軍、捍衛者，如果老章能跟廣電部領導說上話，一定要反映一下老父親這樣的五好觀眾。

章五說：「那是一定的，一定的。」

腿壞後父親的耳朵異常靈敏，他以為他們說的是真的，在屋裡大著嗓門說：「也有不滿意的地方，就是裡面的女人穿得太隨便，亂七八糟的。古代婦女哪能那樣兒呢，喊。」

章五說：「可不是嘛，我同意老爸的意見，那是衣服嘛，分明是袈裟嘛。一個個大膀子露著，多虧老爹有定力，免疫力也強，看了幾十集都沒事。看我，一集都不敢看，天天就是看書，怕犯錯誤。」

項蘭樂。老父親也明白過來他們是在逗他，忍不住「咯兒咯兒」笑起來。項蘭進屋問老父親還需要什麼，父親擺手，示意別耽誤他看，別打攪他。項蘭就退了出來，又看了一遍鍋，小火，慢燉，然後回屋。說：「老章，小魚兒也上學了，咱爸也看他的電視了，咱倆，下棋吧。」

說著，就把棋局兒伺候上了。

同時，還給老章備上了一杯水。

而平時，項蘭是不主張「舉案齊眉」的，在家務問題上，她一直跟老章貫徹男女平等，同工同酬。

「一個小五子棋，有什麼下頭？」老章端著。

「怕輸吧？不敢迎戰吧？乾坤雖大，方寸之間。」

「別跟我唱高調兒。不下五子，來盤圍棋怎麼樣？」

「先下五子。你贏了，再由你挑。」

項蘭圍棋不是對手。

章五端起茶吸溜了一口，歪著頭猶豫。

「不敢下，就叫聲老師吧，給老師鞠一躬，老師今天就饒過你了。」激將。

「誰是誰的老師啊，當初不是我教妳，妳有今天？人家都『成四』了，妳還跟在屁股後頭瞎擺子兒呢。」

五子棋忌出「四」，四子成一線了，便無力回天了。項蘭現在能下出五條同時的「四」，梅花陣一樣。

「好漢不提當年勇，有本事咱們現在比試。」

「低智力的小兒遊戲，老夫不屑為。」

「別光嘴硬啊，老章，今天咱們就來三盤，一盤也行，你如果贏了我，或者我項蘭金盆洗手，從此不下棋；或者今後聽你的，你說下什麼，我就玩什麼。」

「收手不下，永不騷擾也行。」項蘭笑盈盈地向老章做著保證。

贏老章，她有絕對的把握。五子棋，她已玩得爐火純青了，光棋譜兒，就攏了不下上萬盤。只要出了三角形或四角小井田，再或者交叉的「X」形兩柄劍，對方必死無疑。沒有氣數兒了。項蘭從開始的總輸，到現在的總贏，她嚐到了勝利的喜悅，王者的快樂。邊贏，還能拿話邊敲打對方，讓敵手進退維谷，哭笑兩難，那是何等的快活。項蘭覺得她的生活裡，沒有比這更讓她開心的事了。

老章說：「這樣吧，今天我贏了妳，妳就從此後，好好當一個賢妻良母，認認真真做飯，規規矩矩泡茶，像今天這樣，別在誘我下棋時才捨得泡上一杯。學習古代婦女，一日三餐，茶泡好了，飯做好了，把老公伺候得舒舒服服，行嗎？」

「行。可是，如果你輸了呢？」

「我輸了就再也不下了，從此隱姓埋名。」

「那不行，那正打你心上來呢。你如果輸了，今後我什麼時候想下，你就什麼時候無條件地陪朕，好不好？」

「一個女人，還『朕，朕』地。」

「哀家也行。你就陪哀家。」

老章說：「開局吧。」

項蘭雙手一抱拳，古代女俠一樣，眉眼間嘻笑著勝券在握。對五子棋，她已入了迷。在單位，跟計算機下，沒人時，自己挑戰自己。多少盤下來，天下無敵，孤獨求敗啊。既是寂寞的，又是得意的。現在抱拳讓老章先走，顯示了她得意後的忘形。五子棋，先走者，如果勢均力敵，那第一步是致命的。

好在老章有風度，一伸手，女士先請。

項蘭說：「那哀家就不客氣了。」

都小心謹慎，都步步為營，同時又招招斃命。項蘭暗布機關，章五處處破壞。項蘭的理想藍圖是一會兒形成五瓣梅花，讓對方口服心不服都不行——五柄利劍同時逼住對方的咽喉，還有活口？

擺陣。

破陣。

是在全力以赴，又漸漸力不能支。章五有汗了。

「蘭子！」父親那屋傳來咳嗽聲。項蘭趕忙奔向另一屋，還回頭叮囑：「不興亂動啊，可別偷子兒啊。」

原來是電視上有了雪花，信號不好。平時遇到這類問題，項蘭是要叫章五過來修的，現在，為了節省時間，她用遙控器搜索鍵，一連給父親鎖住了三個同一頻道，告訴父親如果不清了，就換下一個。然後把遙控器交到父親手上，交和接速度都非常快，他們的心情是一樣的。

剛回屋，老章聳聳鼻子，說：「湯裡妳放糖了？」項蘭再次衝進廚房，掀開蓋兒，一鍋湯都變成了奶白色，這時加鹽正好。項蘭放了點鹽，心裡也奇怪怎麼甜絲絲的，又不是純正的甜，有點像……，她不願意往下想了。

一切處理停當，再坐回來，以她的火眼金睛，發現棋形變了。

老章食指和中指夾著黑子，很專業、很無辜地等在那裡，說：「該我走了。」

「等等，等等等等等等。」項蘭按住老章的那隻胳膊，她開始用另一隻手，一步一步地倒棋，往回倒，一個子一個子朝前查，倒回一個黑子，再倒一個白子，她數啊數啊，數出去有半盤棋了，老章說：「有妳這麼悔棋的嘛，重下得了。」

「誰悔棋了？是你做的手腳，挺大個老爺們兒，還好意思說。」項蘭耐心地繼續往前倒，她說：「這盤棋我記得是我先走的呀，可別倒到最後變成你先走的。」

要露餡兒了。老章兩手去撥項蘭的一隻手，項蘭也加上了另一隻。四隻胳膊，絞在棋盤上空，手使勁兒，傳送動力的是胳膊，乃至全身。項蘭怕碰了下面的棋子，她要保護證據，老章似想混水摸魚。四隻胳膊至少有兩隻發瘮了，可他們都在拚命堅持著。項蘭把腰加進來，她想拱住章五，把他拱一邊去，人是拱出去了，棋盤也隨著章五的一隻胳膊都飛了。

咕嚕嚕嚕嚕——白子兒、黑子兒像滿地的小紐扣，倒處滾。

更要命的是，棋盤要翻未翻之際，老章想用胳膊搪一下，力挽狂瀾，搪偏了，胳膊起的是槓桿兒作用，木質棋盤的角，戟一樣戳到了項蘭的臉上，當時就青了。

棋戰就變成了肉搏。

因怕父親聽見，戰鬥得無聲。

其實也只是項蘭一個人在戰鬥，老章只招架，不還手。他說：「妳個傻娘們兒，臉都磕了還打啥呀。不疼啊。」

「我給妳抹點碘酒吧。」

撓也撓了，掐也掐了，項蘭氣算出完了，她就安靜地坐下來，等著老章給她抹藥，處置。完畢，老章捧著她的傷，輕輕親了一圈，算是精神撫慰。項蘭不動，看著他接下來的表現。好脾氣的老章彎下腰，一粒一粒把棋子撿起，他知道親幾下不頂事，只有繼續下棋才是最好的減痛。贖罪一樣把棋局擺好，又續了水，端起來讓項蘭喝了一口，說：「這回可不許耍賴啊。」

「誰賴啊？不是你賴，能趁人家去廚房，又偷子又換子的？還掮翻了棋盤，天下沒見過你這麼賴的。」項蘭這一次是手上不停，嘴上也不停。她說：「你們家人最狠了——你看你哥，一個耳光能把你嫂子打進醫院。你姐，手也不軟，你姐夫跟她離婚，弄得淨身出戶，質本潔來還潔去，又成光棍兒一個。多厲害！還有小章魚兒，你閨女，她還那麼小，敢剁鱉，這是遺傳吧？基因的力量太可怕了，多虧咱們沒再要孩子……」

章五夾著棋子的手不動了，他顯然是生氣了。

項蘭想閉嘴，又覺剎車太猛，下不了臺階。她就說：「你還有理了？臉給磕成這樣，說你狠還冤了你？」

「不是無意的嘛。」

「再有意，你給我毀容得了。」

因為嘴上分心，這一盤，項蘭沒有走出「井田封地」、「劍血梅花」，棋盤上已蜘蛛網一樣一圈圈占滿了，五分之四的棋子進去了，她也沒能致勝。老章說：「怎麼樣，知道自己半斤八兩了吧？還先走，都不贏，給朕上茶吧。」

項蘭求勝心切，她「啪」地落下一子，以為是「連四」，說：「成了。」

章五哈哈大笑，他說：「男怕幹錯行，女怕嫁錯郎。其實女也怕看錯行兒啊。妳看看，妳看看，項老師妳好好看看，妳這『四』是在一行兒上嗎？」

醜出大了。

真是看錯行兒了。

下和就是贏了。這是老章的宗旨。可是似要如廁的項蘭，她起身帶翻了棋盤，還像不是故意的，回頭無辜地看著一地。

這可打翻了章五的心尖兒，和一盤不容易啊，她怎麼能給帶翻了呢？章五這個氣呀，他只能批判她了。

項蘭回擊說：「你掀的還少嗎，剛才那盤，不是你掀的嗎?!」

他們開始一層一層指斥、揭發，從對方的棋藝，到對方的棋品，最後都追溯到彼此的爹媽了。

項蘭說：「你最像你爸了，滿腦子封建，以為女人就該低你一等，天天小媳婦似地伺候著你，下棋也不如你，才好。看你們家，都新社會了，還是你爸吃一飯，你媽盛一碗。哼，舊社會一樣。」

章五說：「妳家好，妳家可是新社會。新社會就是女人騎到男人頭上，妳媽吃一碗，妳爸給盛一碗。呵呵，倒過來了。」

「那是我爸疼我媽，男人愛女人，紳士。你爸呢，整天黃世仁他爹似的，誰不怕他三分！」

「妳媽手裡不拿大銀針也讓人懼，跟黃世仁他娘似的。」

「你還挺能撿便宜呢，我爸成楊白勞了。」他們逗嘴都逗樂了。

章五說：「對，妳是喜兒，今天我就是黃世仁。」說著來摟項蘭。他說：「現代的喜兒可不愛大春哥了，都巴不得讓黃世仁強娶了呢。有財有勢，天天不用做飯，就下下五子棋，多美！」——章五膂力驚人地把喜兒掠到床上了。

小單人床。

喜兒掙扎，說：「那屋還有老爹呢，別撒癔症。」

「老爹看電視呢，聽不見。」

「古人講孝，父病不能尋歡。」

「妳不是反封建嘛，不什麼都按著現代版的來嘛。」

項蘭一個鯉魚打挺，坐起來，說：「咱們比武招親。重來一盤，你贏了，便當黃世仁。輸了，就當大春哥去吧。」

章五想了想：「也好，就讓妳這個喜兒今天心服口服，體也服。」

為了這一盤下得安穩，項蘭先去看了廚房。鍋裡的鱉湯發出一股難言的氣味，奶色還是奶色，那嫋嫋的味，讓章五打噴嚏，老父親也咳嗽起來。那究竟是怎樣的一種氣味呢？夫妻間才有的……

弟媳打來電話，說：「姐，那湯爸喝了嗎？」

「還沒有。」

「趕快把它倒掉吧。工商的人剛才來查，說這批貨餵了什麼藥。給老鱉都餵藥，這些人真是認錢認瘋了。」

項蘭問什麼藥，弟媳說她也沒記住，說是聞湯的人都受刺激……

項蘭拿著手機，沒有闔蓋兒。她回想把老鱉下鍋時，那個奇異的器官——老章聞味而至，項蘭一回頭，看他像電影上那些淫邪之徒一樣，眼神、笑意，包括兩隻胳膊，都是色魔級的。他說：「喜兒，來，朕先嚐嚐……」項蘭明白過來章五想喝湯，她躬起身護著，想把章五拱開。章五兩隻手鉗子一樣抓住了鍋耳，他搶，她奪，一鍋湯就像他們剛才的那盤棋一樣，哐啷啷潑撒滿地了。

只是棋子是液體的，四處崩濺開來。

——二〇二二年四月十六日

兩個鄉下姑娘

四枝兒初進北京的時候，她分不清東南西北，總覺得四個方向是一致的，一樣的天空，一樣的馬路。她每一次和兔唇兒見面，從不說什麼什麼方向，而說標誌性的建築物，比如天安門廣場、六里橋。

兔唇兒和她是河北老鄉，一個在呂寨，一個在臨西。她們是在一個天不亮的早晨，相約從老家跑出來。她們當時的行為類似陳勝、吳廣，之前她們也確實學到了這篇課文，對父母停止她們的學業，一切圍著弟弟轉，讓她們奴隸一樣幹那總也幹不完的活兒，而憤懣。四枝兒的父親說：「我覺著這書念也白念，城裡那麼多大學生念了都白搭，都找不著個工作，妳還瞎念個啥？」

四枝輟學後每天幫家裡做飯、餵豬、看弟弟，包括種地，她小小年紀家庭主婦一樣操持著裡裡外外。可是後來，到了弟弟，弟弟讀書每每拿回的成績單都是不及格，父親卻再也不說「瞎念白搭」這樣的話，而且弟弟一再地不想念，父親是打著、罵著逼他念，求他念。四枝家在農村，父親竟把弟弟送到了縣城，吃住在學校，弟弟一學期的花費，正是全家一年的用度。「同是兒女，他卻這樣待我，是拿我不當人吶，重男輕女吶。」

兔唇家的情況跟四枝家基本一樣，也是姐姐犧牲，弟弟念書，弟弟不願意念，父母逼著念。由此她倆斷定，念書一定是好的，如果不好，父母為什麼哄騙著她們說不好、沒用，而又強塞給弟弟呢。如果真沒用，他們花那麼多錢，強供弟弟，不是虧本的事兒？他們可從不幹虧本的事！兔唇兒的母親是這樣說的：「兔唇兒，咱嘴都豁了，那書就是念出來，又能咋樣兒？城裡全鬚兒、全尾的都找不著婆家，聽說還是這個生、那個生，都念得眼鏡像瓶底子了，每月能掙好幾千，有房有車，什麼都不缺，可就是找不著婆家，對不上象呢。妳呀，不如好好幫家裡，落個勤快的好名聲，也許就被哪個小夥子看上了。一個閨女家，到頭了，活著圖個啥，不就是順順當當把自己嫁了、找個男人？妳呀，這輩子要是能找個對象、疼妳的男人，成了家，媽也就燒高香了。」

兔唇兒下來後，和四枝兒一樣，做飯、餵豬，餵雞、餵鴨，還要帶弟弟，一家人的主婦角色，全歸兔唇兒上演。兔唇兒只有十四歲，她還是個小姑娘，半年下來，她和四枝對家務的熟練程度、操作技能，確實比得上城裡的家庭主婦。

四枝兒走路喜歡左手插在褲兜兒裡，沒兜可插時，她一定是背著，把手背到身後，同時手指是攥起的，她已經習慣了這種姿勢，來掩蓋她這隻手的殘缺。出生時，她母親恨恨地說：「奇怪了，多見人長六個指頭的，沒見哪個是四枝兒，八成這孩子上輩子雞鴨轉世。唉，好歹還都分開了，這要是再連在一起，可怎麼幹活喲。」

大熱天裡，四枝兒背一隻手走路的姿勢逶逶迤迤，她偏著身子東瞅西看，高大的建築物特累脖子。「四枝兒，四枝兒，我在這呢。」兔唇兒太陽底下向她擺手，「這兒呢，我在這兒呢。」

噢，挺會享受，原來是吃早餐呢。四枝兒看著用手搧涼風兒的兔唇兒，心裡不快了一下。「兔唇兒啊兔唇兒，我都叫妳王美紅了，妳怎麼還叫我四枝兒呢？」

兔唇兒明白了四枝的意思，她親熱地走上來，用小姐妹摟肩搭背表示著她的歉意，說：「愛玲，別生氣啊，我以後記住了不叫還不行嘛。」

兔唇兒說著，拉四枝坐到豆腐腦兒攤兒前，說：「小白跟我一塊來的。」那個白胖的、正吸溜吸溜喝著豆腐腦兒的小夥子，就是小白了。聽兔唇兒說，他是個跛腳，不過坐在那看不出來，非常端正的一個小夥子。

「一大早晨都分不開了。」四枝難過地想。她記得在家時母親說過，姑娘大了，有了女婿，一定是忘了娘的。現在，兔唇有了對象，她就要忘了姐妹了。

「再給我加點湯。」小白很內行地衝服務員喊。

喝豆腐腦兒多加幾次湯，這是在城裡混得時間長了，鄉下小夥子們才摸清的規矩。而最初，頭幾次，他們半勺都沒敢加過，虧吃大啦。

小服務員也是鄉下丫頭，才十四五歲的樣子，她邊給加，邊鄙夷地看了小白一眼，眼裡的話是：「誰不明白你的心思，哼，都加幾次了，一碗豆腐腦兒，喝出四碗的便宜啦。」

小白衝四枝兒城裡人一樣點下頭，繼續吃起來。

四枝又拉兔唇兒走到太陽照不到的地方，說：「我還得抓緊回呢，我就是想問問妳，能不能跟我一塊回，咱都多長時間沒回家啦。」

「愛玲，這不年不節的，回去幹啥呀，再說來回的車票，也不少錢呢。」

「這時妳又說不年不節，年節了妳又說買不上車票。美紅，我看妳就是有了對象忘了家，也忘了我，總找藉口吧。真要是差錢，我給妳出，還不行嗎？」

「真的呀，愛玲妳幹什麼有錢了呀？」兔唇兒一臉笑嘻嘻，她的笑讓四枝覺得輕浮、討厭。

「妳不是說有了對象就回去一趟特意給妳媽看看嗎？」四枝又激她。當初出來兔唇兒是發下誓的：「什麼也不幹，也要找個對象給家裡看看，給全村人看看，看我兔唇兒是不是嘴豁了就一輩子沒人要。」

「可是現在還不行，我怕──」

「怕什麼？」

「等我們的關係再定一定，他不會變了，我們就回去。」

「兔唇兒，妳就是一天也離不開他了，又說怕花錢，又說還沒定。如果真怕花錢，我不是說了嘛，我給妳拿！」一著急，她們互相叫的都是小名。

「喲，妳還真來大方勁兒了，真給我拿呀？那妳把錢給我得了，我買條裙子穿。告訴妳，那天我看見西單那兒，有一件裙子可好看了，七五折，好看死了。可是小白說等結婚時，才給我買。」

兔唇嘟起嘴，她的嬌撒得猙獰。

四枝嘆了口氣，說：「美紅，看來妳有了對象，確實把我忘了。他一條裙子都要等結婚才買，這樣的對象妳還死心塌地地跟他。」

「我不比妳嘛，妳好歹不像我，手一背，誰也看不出來。」

四枝生氣兔唇兒這樣說話，拉下了臉。

「愛玲，別生氣，妳要多理解我。別看小白腳不好，可他是廚師，店裡的小姑娘都圍著他，我怕他哪天花心了，就跑了。我不敢大意呀。」

「我看妳們是都害病了，天天怕男人跑了。楊姐也是，長得那麼好，還是大學生，也天天怕她老公不要她。」

「我怎麼能跟人家比？我要是有她那樣兒，自己找份工作，自己掙錢，想穿什麼買什麼，誰還會怕一個小廚子吶。我不是命不好嘛。」兔唇又嘟起了嘴，她的央求誇張了她的殘處，也提醒著四枝。可是今天四枝不再同情、擔待她，一甩手，說：「兔唇兒，妳甭總這樣，我也比妳強不到哪裡。妳現在就是變了，妳都忘了當初我們是怎麼說的，妳現在全部的心思就只有一個小白！」

兔唇兒怕她的話讓小白聽見，又向後拉了拉四枝，她的這一動作，讓四枝有了憤怒，四枝說：「真沒想到，妳變得這麼快，妳把我們同甘共苦、永結金蘭那些話，全忘了。」

兔唇兒說：「四枝，不是這樣的。等妳有了對象，有了男人，就明白了。啊。」兔唇還長輩一樣摁了摁四枝的肩。

兔唇兒當初回應四枝兒的起義，除了生父母氣，還有一個原因，就是她太想甩掉這個有侮辱性的名字了。「兔唇兒，兔唇兒」，全村人都這樣叫她，她心想，這爹娘心也太狠心了，你怎麼連個名字都捨不得給我起？雖然我嘴豁了，可是也不能順口就這樣叫啊。她質問過爹娘，母親說，她們沒文化，起不出什麼好名。可是到了弟弟，她們怎麼不說沒文化起不出好名來了呢，花二百塊錢，請起名先生給起的，大名、小名，一下子給弟弟備了四五個。那起名先生覺得農村人，二百塊錢不容易，還搭送了倆，雲龍、有貴。弟弟連名字都起得這麼鄭重，花二百塊錢，還多得用不完；而自己，直到來北京，才有「美紅」這一漂亮名字的。兔唇兒還由四枝陪著，來到了一家小診所，做了上唇修復手術。術後，那道縫兒是縫合了，可是深重的疤痕像一條蚯蚓，醒目地趴在嘴上。醫生說，這種豁嘴，要想恢復得跟正常人一樣，至少還要做四五回的。

兔唇兒不做了，一回的手術就用掉了她全部的積蓄，術後和術前，似乎沒有比從前更好看，鮮紅傷疤的嘴，依然是人們一愣的焦點。和小白搞對象後，她覺得已經有人不嫌棄她了，這嘴這就樣吧。有那錢，買買東西，早點成家過日子多實惠呀。她嘲笑城裡人，嘴本來是好好的，可愣是紋什麼唇型、唇線，比她這縫合術費用還要高呢。她曾跟四枝說，沒來時，覺得城裡什麼都好，可是來了一看，這裡的人怪極了，有錢瞎造，縫眼睛，縫鼻子，縫奶子，縫肚皮，哪兒都縫，沒有她們縫不到的地方。自己可不那麼傻了，自己當初如果不是怕找不著對象，第一次都不縫，反正又不耽誤吃喝，吃好的一樣香。

四枝兒同意兔唇兒的觀點。是的，城裡女人們都瘋了，有錢不知花哪兒好了，那臉本來好好兒的，讓別人又是拍又是打的，捏來捏去的。從早到晚，洗了一遍又一遍，抹了這個擦那個，開刀子，裁掉一條，再縫上，叫拉皮兒。拉完的臉，笑都笑不出來，皮是抻不開的。就說楊玉環吧，本來四枝兒看她像電影明星，眉眼兒生動得很，可是她也做了「拉皮」，從她拉完那天起，四枝不知她是高興還是生氣，長年一副表情了。她老公回來那天，頭天晚上，她坐在梳妝鏡前，弄了兩個多小時，像搧自己小嘴巴一樣「啪啪啪」地拍，說是在給臉補水。臉弄完了，又和身體較勁兒，坐在地板上，使勁兒、使勁兒地崴自己，都快窩成燒雞了，多疼啊。楊姐說不疼，她在練瑜伽呢。她一遍一遍地崴，崴完就上秤稱，有時滿意，有時不滿意，主要是對身體的份量。四枝兒看她夠瘦的了，她為什麼還要瘦呢？還用一根兒細帶，勒自己的腰。在四枝兒眼裡，她的腰都不禁兩手一掐，可她還是嫌粗，平時不吃米飯，只吃青菜、海鮮。吃飯時把腰束上吃，說這樣可以不增胖。「楚王好細腰，宮中多餓死。」四枝兒讀過這句話，明白其中的意思，可那是楚王啊，楊姐老公一個大肚子處級幹部，也值得楊姐為他餓死嗎？楊姐嫌這粗，嫌那胖，可是她偏偏不嫌自己的乳房大，裡面打了什麼膠，就像兩個地雷，掛在胸前，細腰好像隨時都有墜斷的危險。

楊姐的老公在另外的城市，官不大，是有錢人，楊姐生兒子時，他回來過一次，四枝見過。天啊，他胖得像頭豬，楊玉環不嫌他胖，他怎麼還要求她瘦呢？聽說他是人大的幹部，坐飛機回，陸地上空跑來一輛車，跟到這個城市，供他出門使用。他看到楊姐的一剎那，僵住了，楊姐以為自己拉過皮的美臉，讓他驚歎。他也確實驚歎，但從那次回來後，再沒回過。

楊玉環有知識有文化，是北京名牌學校畢業，這個二百平米的大房子裡，有一面牆的書。楊姐說，她早都不喜歡看了，太累了。楊姐告訴四枝兒：「如果妳喜歡看，可以隨便看，只是要幹完了活兒就行。」

四枝兒後來還真看起來，她發現書裡比電視還有意思啊，書裡有那麼多有意思的話，生活中那麼多不明白的事、想不開的事，一看書，就全忘了，煩惱都沒有了。四枝兒後來把這一發現告訴了兔唇兒，讓她也看書。兔唇兒說：「天天洗盤子，我累得眼睛都睜不開了，哪裡還能看書。」

四枝兒知道這是兔唇推託了，她已經不跟她志同道合了，自從她有了小白，全部心思都在小白身上了。以前，她們隔一段就要見一次面，即使什麼事兒都沒有，也要在一起待一會兒的，不然心裡悶得慌。現在不同了，每次都是四枝兒約她，還總是沒時間。即使見了面，也是嘟著嘴，請四枝理解她、原諒她，因為她怕待的時間長了，小白誤解她，說她另有所愛。「妳不知道，小白腳跛點，可是喜歡他的小姑娘多著呢。他今天給這個一塊豬肝兒，明天給那個兩個雞爪，我們店的小姑娘都圍著她。」

四枝當初和兔唇來北京時，找工作，和所有的外地人一樣，吃虧上當，歷盡艱辛。北京的天地大太了，她們走在街道上，就像掉進無邊的大海，靠岸都找不著沿兒。她們最怕的就是公車的女乘務員，扯著優越的大嗓門，能把她們喊懵。有時候一天下來，地方還沒找到了，兜裡的零錢買票就用光了。好在憑著她們小小年紀在家練就的手腳麻利，當保姆是不難的。四枝一般都是幹了幾天了，主人才發現她缺一指，還算無妨，也就將就了。而兔唇兒呢，孩子小的怕她的長相嚇著孩子，年輕的嫌她不順眼。兔唇兒開始的時候，去的都是老弱病殘家庭，惡臭腥臊也就罷了，有一次兔唇兒伺候的是一個老年癡呆，癡呆不只癡，還發癔症，打人。有一次兔唇兒正給他收拾褲子裡的屎，老頭另一隻有屎的手，舉到她鼻子下。

兔唇兒說：「就是當娼當妓，也不願意和屎和尿打交道了。可惜我長得太醜，賣都沒人要啊。」兔唇兒後來來到了一家小店鋪，店主看她農村孩子，能幹，醜不醜的，肯幹為本啊，就讓她在後廚了。不來前廳，讓她天天對付油膩的盤子和廚房。

兔唇有一雙白白胖胖的手，小店吃得比農村老家有油水，慢慢地，兔唇兒的發育也有模有樣了，鼓鼓的兩個小胸脯，圓圓的兩隻小胳膊。後廚師傅小白，給過兔唇兒幾次熟食，讓她晚上墊補墊補，他們就相愛了。

那時候，她們小保姆上街買菜，主人是限制時間的，因為怕她們交流，怕她們說家裡的閒話。小保姆們湊在一起，像開會一樣，非常定時。那些嘁嘁嚓嚓的，都是跟主人不合、勢不兩立的，有的邊買菜，邊說：「我單買那農藥多的，讓他們中毒才好呢。」

有的說：「哼，昨天那老色鬼又進廚房了，專門在我後邊蹭，母老虎不罵他，還指桑罵槐地罵我。罵我有什麼用？她的老頭兒她管不住。哼，早晚讓她家孩子出事兒。」

也有不罵的，她們的神態風調雨順，像過上了好日子的女主人。穿得挺好，花錢也大方，像花丈夫的錢一樣。那些嘁嚓的保姆就指指她們，撇撇嘴說：「都被招安了，男人給點好處，女人不管，在人家就當上了帶上炕的老媽子呢。」

四枝落到了楊玉環家，算她的運氣好。楊姐從一人住這大房子，就是她伺候，到懷孕，生小寶，也沒再多雇人。楊姐對四枝是滿意的，儘管她發現四枝的手指後，當時也嚇了一跳，但她通過幾次試探，覺得四枝是個品質不錯的孩子，就決定長久用她了。這次小寶一週歲，原本也想帶她去另一城市的，可是那豬頭男人說：「低調，低調，不要太招搖。」讓她自己帶著孩子過去，就可以了。

四枝就放假了。

半個月，這麼長時間的假，正好可以回家看看了，雖然當初她給家留的那張紙條上寫著，一輩子都不想回來了，那是氣話啊。哪有出外的孩子，不想家的呢。當時她出來三天，就想家想得要哭了。再然後，就是掙了錢郵回家，還把楊姐給她的衣服，分發給母親，她不但不恨母親了，也不怨弟弟了。楊姐給的衣服都是女式的，她給弟弟用錢買。這次回家，她給弟弟準備的是一雙愛迪達運動鞋。

楊姐給她收拾了兩大包衣服，她原本也打算分給兔唇兒的，可是兔唇兒有了對象，就沒了她了。從前都是小姐妹結伴回鄉，現在，她要一個人了。

四枝把楊玉環送上飛機，返回的路上，楊玉環讓她打出租的錢，她省了下來，坐了兩次公車。她打算用這個錢，給父親買一瓶貨真價實的酒；有一次父親喝了假酒，酒精中毒，差點要了命。

再出來時，四枝檢查了兩遍主人的門窗，都鎖好了。她有些後悔沒給兔唇兒一把，她不在的時候，讓兔唇兒有空過來放放房間，通通風好了。時間久不住人的屋子，楊姐和小寶回來會不舒服的。

四枝有些沮喪地背起兩個大包，其中一個最角落的地方，有她的小包錢。半年了，她的錢又夠家裡的房子換上半面磚了。

如果兔唇兒和自己一道回去，該多好。怎麼也是個伴兒，搭把手。一個小白，跛腳的廚師，就值當她這麼死乞白賴，不就是有點豬肝、雞肝嘛，真沒出息。

還說等她們的關係穩定了再回去，什麼叫穩定？現在的人結了婚，還能離婚呢。就是找藉口！

四枝來到客運站，公車上女司機嚷著讓她多打兩張票，說她的包體積超大了。四枝兒輕快地往起提了提，說不重。女司機說不重也不行，占地方。

四枝兒無奈，又加了兩塊錢。在北京這麼多年，她最不敢爭講的，就是公車上的司乘了，她們嗓門大，調門高，對所有人都是舌頭打著嘟嚕地嚷，幾句話就讓妳懵，讓妳下不來臺，讓全車人都看妳。四枝買菜時敢講價，買衣服也敢講價，就連交仲介費，她都敢講，唯一不敢的，就是在公車上，基本上是要多少給多少。還有就是開計程車的爺們，他們可能也都是外地人，但他們也都能把舌頭打著捲說話，上車先問妳怎麼走，妳說不出怎麼走，就由著他來怎麼走了。有一次接楊玉環，楊玉環這樣花錢從不計算的人，都被司機氣得心直蹦，說：「你就繞吧，黑著心可勁兒繞，我本地的還被你繞成這樣，外地人還不被你繞出心臟病！」

路上人多，車上人也多。這北京，怎麼就這麼多人呢？「哼，不在家裡待著，都跑出來幹什麼?!」售票的女人邊擠邊抱怨。四枝奇怪，在一個挨一個，密得不透風的人牆裡，胖女人能如魚得水，把票錢一個一個收完了。

家鄉可是人少啊，整片的大地，都是空的，常常見不到一個人影。四枝思念起故鄉了，她不明白為什麼，自己怎麼一想到那條黃泥的小路，心尖兒都要疼上一下兒呢？那條小路，下雨天泥濘得鞋子都拔掉了，路兩旁除了豬糞鴨屎，就是稻草、人便，小的時候上學，她都恨死這條小路了。可是現在，在這擁擠的城市大馬路上，她想念起那條黃泥小道了。還有學校，院牆是泥巴的，教室是泥巴的，就連講臺桌，都是泥巴糊成的。在她們那裡，只有泥巴是不花錢的。四枝望著城市的街道，忽然特別地想念那裡了。

四枝兒前不久剛給家裡郵過錢，雖然在家時，她挺恨弟弟的，家裡什麼都可著弟弟，弟弟有腳，卻整日趴在她背上，她邊做飯，還要背著弟弟。那時她曾想過摔死他。現在，她覺得自己不但不再恨他，還那麼愛他。「愛」這個字，在四枝兒心坎裡跳躍了一下，暖了一下。是那種血肉相連，牽扯著的暖。四枝兒想，父親還是對的，讓弟弟念書是對的，她打算，等弟弟長大了，即使考不上高中，她也要讓他出來，到外面來看看，見識見識。

四枝兒對母親的重男輕女，似乎也原諒了。在城裡，男女不但一樣，有些家裡，女兒還更得父親的喜歡呢。四枝見過很多家庭，女兒可以騎到父親的脖子上，馱著玩兒。而在農村，這是打死都不可以的，騎在父親脖子上的，只有兒子。飯桌上一起吃飯的，也只有兒子。

四枝忽然覺得不好，自己把最重要的東西，落下了，忘了拿那瓶酒了。她原本想，回家後，父親打開這瓶酒，她也要讓母親坐上來，全家人一起吃飯，一起喝酒，男女平等，共進晚餐呢。

四枝下了車，車已經到長途客運站了，返回去拿吧，反正時間也夠用，長途車多得是。只是回去的路上四枝決定不再坐公交了，她搭人力三輪，不會再收她倆大包兒的票錢。

三輪車沒有篷，車身是加長的，看來是專門幫人運貨的。四枝跟他講好了價，小夥子也是外地人，一聽口音，都是河北的。四枝坐了上去，小夥子說三輪車可以抄近道兒，比公車還快呢。

車夫有點像駱駝祥子，四枝看著他的後背，這樣想。電影上的祥子，穿的是那種露兩腰的小褂兒，而這個是汗衫兒，後背全黃了，汗漬的。看年齡，他也就二十三四歲，一身用不完的力氣。他能邊拉車，邊跟後面的四枝拉起了家常兒，並不氣喘吁吁。他問她怎麼一人回家，有對象沒有。四枝覺得可笑，哪有不認不識，上來就這樣問的？看來還是農村人，沒規矩，不懂事。

不過四枝對他並無惡感，小夥子長得不醜，四肢也健壯，車子很快跑出了市區，路兩旁是菜地，小白菜、小油菜，長得真好。個個針尖似的，挺著。正午的陽光下，綠油油。

抄近道兒，這是抄到了哪呀。

四枝問他：「師傅，這是到哪了？」

前面的祥子只是狂蹬。

路過一面坡了，前面的背影蹬得吃力，車速慢了下來，四枝兒想了想，騰地蹦下了車。

祥子回頭：「咦，妳怎麼下來了？快到了。咱們先進那屋喝口水，我太渴了。」說著，他一隻手推著車把，一隻手來圈四枝兒。

四枝兒說：「你去喝吧，我在這等你。」

在前方，有一看地人的窩棚。

「不懷好意，誰沒看出來呀。」四枝想。

祥子坐了下來，坐到他的三輪車幫上，他說：「妹子，我實話跟妳說吧，那裡沒人，也沒水。不過我確實渴了。這天太熱了。」

「我不敢找城裡小姐。」

「妳要是答應，我不要這趟車錢。」

「我還——」

四枝回到楊玉環家門口的時候，天已經黑了。她是一路跑回來的，還扛著兩個大包，嗓子都累出血了。她在門前的臺階上歇了一會兒，才拿鑰匙打開門，她覺得自己累癱了。打開門，一灘泥的四枝，突然挺直了，驚呆成了一根竹竿兒：她發現闊大的客廳內，地板上，撂著一小條涼席，涼席上是散發著濃烈汗味兒的衣服，旁邊擺著兩雙鞋子，比汗味更沖。兔唇兒正洗完澡出來，女主人一樣歪著頭擦拭頭上的水，和四枝四目相對時，她「嗨」地招呼了一聲。

裸著的小白一跛一跛走出來，他看到四枝兒，轉身跑回衛生間，地上水滑，四枝和兔唇同時聽到「啪嚓」一聲。

「妳可真不要臉。」四枝說。

兔唇兒顧不上四枝，她趕快去扶小白，並「哐」地關上了衛生間的房門。「要臉，要臉得分時候。」兔唇嘟囔著說了一句。

——二〇二二年四月十六日修訂於石門

情人是個保潔工

黃處長最近一段時間心裡很煩，煩死了。因為他去不成王小曼的家了。

王小曼告訴他，自己有了男友，而且已經同居。這就意味著，他不但不能去了，連電話，他都不能隨便打了。不像從前，每天晚上散步一樣來到辦公樓，在辦公室裡加加班，打打電話，運氣好的話還可以到王小曼家睡上一覺兒。很愉快的一個晚上就打發過去了。

現在這一切說沒就沒了，突然得像國企的改革，解體下崗讓工人猝不及防。黃處長也像失了崗的工人一樣，一下子陷入困頓和迷茫。隨著年齡的增長，黃處長發現他可以給自己做很多主，比如穿衣吃飯、升官發財，這些身體之外的技術操作，他都能運籌帷幄，並且決勝千里。可唯有他的身體，這具實實在在的肉身，是越來越左右不了，越來越不聽他的勸慰和指揮了。

黃處長讀過一本叫什麼崗的人寫的書，那個什麼崗說，知識份子是最不聽話的，就像男人的雞巴。黃處長覺得這個什麼崗真是了不得，比喻得太絕妙了，可不是嘛，自己的身體就是越來越像知識份子，根本不聽話，陽奉陰違都做不到。脾氣也像更年期，說變就變，喜怒無常。黃處長知道自己是深愛家庭，深愛著老婆、孩子的，可一看到那張熟悉的床，他就左顧右盼，畏葸不前，打不起一點精神。黃處長非常生自己身體的氣：你說你要吃給吃，要喝給喝，好穿好戴，怎麼就不能爭一點氣呢！

第一次來王小曼家，黃處長只是簡單地坐坐，他說他正在開會，抽空上來認認門兒，坐一會兒就走。那時候黃處長還是黃祕書，副省長的祕書，很有權的。下面的人給這個管文教的副省長送什麼禮品，基本上都有黃祕書一份。當時正趕上要過年，黃祕書從辦公室順手抽出的，是一本大掛曆。第一次登門，總不能空著手吧。那是一冊非常名貴又非常好看的掛曆，讓王小曼愛不釋手的是其中一幅《秋冥》。《秋冥》上那個白衣白裙、齊耳短髮的小姑娘，躬身坐在秋天的樹林裡，雙臂交疊，側目遠方。秋楓，紅葉，藍天，白雲，呈現的是一種空冥和美好。

王小曼第一次見到這幅畫時，她還是個十幾歲的小姑娘，那時，她一眼就深深地喜愛上了這幅畫，因為大家都說，她跟畫上的那個小姑娘一個模樣。現在，王小曼接過這幅畫，就像看少女時代的自己，充滿了遙想。

王小曼長得非常古典。如果她坐在那裡，或走在路上，人們根本看不出她是省委大樓的保潔工。她和她的丈夫，原來都是鐵路系統的工人。在鐵路內部，流傳著這樣的順口溜兒：客務段的破鞋機務段的賊，工務段的王八掄大錘。意思是說那些跑客運的乘務員，由於男男女女長期離家，慢慢地，他們就睡在了一起，有些男乘務員，還利用幫旅客逃票的便利，睡女客。致使乘務員辦公室的木門後來都換成了透明玻璃的；而那些車頭上的司機們，常常是順手牽羊，在托運的車廂裡有什麼拿點什麼，落下了賊的名號；最慘的要數那些掄大錘的，他們長年跟車檢修回不了家，慢慢地都變成了王八。當年王小曼是乘務員，她丈夫是司機，都沒有太好的名聲。更不幸的是她丈夫在一次火車事故中，死了。那時王小曼的女兒剛滿兩週歲，又帶孩子又跑車的，三天打魚兩天曬網，領導就讓她到後勤組，幹雜工去了。

後勤組的老大姐是個能人，她很快打開壁壘，拓展業務，王小曼她們這一支，叫保潔公司。保潔公司的女工都長得挺好，年紀大了不要緊，年紀大了也要打扮出個年輕的樣兒。這是老大姐對她們的基本要求。公司剛開張，就攬到了省委大樓的活兒。省委大樓啊，那可了不得，省委的人，素質多高啊，給錢多少從不計較，只要把活幹得讓領導滿意就行。經理大姐粗中有細，她挑選了又挑選，選定了王小曼和另兩個年紀小一點的女工。按理說有幾個年紀大的女工更適宜清潔衛生，她們才真正是不嫌髒、不嫌累，可老大姐權衡再三：衛生搞好固然重要，可搞好大樓裡同志們的情緒、同志們的關係，讓同志和領導們賞心悅目兼心情愉快，也同等重要。

這樣，王小曼她們的保潔工作，就有了表演的性質，肩負著藝術、美的重任，而不能像在家裡幹活那麼實在，裡裡外外，劈裡撲隆的。她們走在省委大樓的走廊裡，腳步輕起輕落，動作婀娜。在這個土裡土氣的小城市，只有省委大樓，才有這樣落地的大玻璃，這樣燦爛的陽光。沒有多少見識的王小曼和她的姐妹們，摸摸哪兒，都是最好的。在這樣金碧輝煌、水晶宮一樣的大樓裡幹活，她們有什麼理由不小心謹慎呢？沒多久，她們的勤懇就贏得了黃祕書和其他同志的一致好評。這些人看她們幹活，就像看正在做家務的老婆，又欣賞又心疼。這時的黃祕書，總要上來幫王小曼提提水桶，遞塊毛巾，然後請王小曼進辦公室喝杯水，坐到沙發上歇一會兒，同時也進一步搞搞室內的清潔，擦擦桌子，整理整理床單什麼的。黃祕書還把那一摞摞的報紙，指給王小曼，讓她拿走賣掉。省委大樓，是高產報紙和文件的地方，不及時清除就會堆積成山。只是從前來取報紙的是黃祕書的鄉下親戚，現在改成王小曼了。

另兩個年紀小一點的女工，也和大樓裡的一個主任，相處得親戚一樣。有一天王小曼看到小女工在彎著腰給那個主任縫扣子，主任衣服沒脫下來，就那麼穿著，女工去咬線頭的時候，主任順勢就摸開了女工的臉、頭，以至肩，到胸。等他摸完了，小女工起身愉快地哼著歌兒，又去洗床單去了，完完全全做起了家務。緊接著另一個女工來給主任收拾辦公桌，主任依然像摸上一個女工那樣，也依次臉、頭，以至肩，到胸地摸。這個女工的臉色不大好看，但她還是耐心地等他忙完，然後一貓腰，抄起了地上摞著的報紙，就要抱走——她肯定是把廢報紙當成她理所當然的色情費了。

主任在她身後說：「唉——別動，那報紙有人要了。」

女工不解地回頭望著他，並沒有放下懷裡的報紙，抱孩子一樣抱得更緊了。眼睛問：不給報紙？難道是白摸？

主任明白她的意思，慢條斯理地笑笑，向女工招招手，又擺擺手：「放下，放下，這還有，我給妳準備了。」主任打開他的鐵皮櫃子，側身歪著臉伸進一隻胳膊，約有一分鐘，變魔術一樣從裡面揪出了一袋紅棗，隨後又捏出一袋花生，再伸手探探，探出一罐半瓶的蝦醬。笑咪咪地看著女工，意思是：不少吧？

女工猶豫著沒有上前，這些滄州小棗、黃驊蝦醬的，也許就是她們老家的特產，她不稀罕。看女工沒動，主任笑了，心說：「挺不好打發呀，脾氣挺拗，臉皮也挺厚。」他一狠心，把頭也伸進了鐵皮櫃裡，可能怕拿錯了，腦袋在裡面待了半天，才抱出了一袋子麥片，舉了舉說：「這可是進口的。」

女工終於放下了懷裡的報紙，上前把麥片抓了過來。她同時沒忘把那紅棗、花生還有半罐蝦醬也一併收進懷裡，抱走了。

在她轉身離去的一剎那，主任非常眼疾手快地在她的屁股上迅速掐了一把，就像吃了虧的顧客要順手饒上攤主一個蘋果或梨。

王小曼一直是躲著這個主任的，她看他太色迷，目光都是淫邪的。相比之下，王小曼對黃祕書有了好感，黃祕書從沒對她動過手腳，對那兩個女工也很客氣。還總是親表哥一樣告訴她：「有事吱聲兒。」

有一天王小曼就吱聲了。

王小曼每天送女兒去幼稚園，要繞過半個城市，颳風下雨，孩子悶在雨披裡，睡著了都不知道。有一次女兒在掉下來的一瞬間把腳插進了輻條裡，然後自行車就因孩子的腳插進而剎閘倒下了。那一刻讓王小曼疼死了。她找了附近的幾家幼稚園，說明自己的困難，請她們收下孩子。可是園長說：「本系統的都收不下了，沒地方，妳是哪個單位的？要實在想入，也行，讓妳們單位給交五千塊的建園費吧。」

王小曼一聽眼淚都氣出來了：「哪個單位肯給我出五千塊錢啊，我又不是他老娘！」

這麼難的事，黃祕書一個電話就給解決了。

就是在說完這件事的當天下午，王小曼給黃祕書收拾房間時，黃祕書到她肩膀上拍了一下，說拍也不盡準確，應該叫劃拉了一下。劃拉得時間較長，停留大約三分鐘，有摸索的效果。這可是非常有技巧的劃拉，可左可右。如果王小曼翻臉，黃祕書完全可以坦然地告訴她，同志式的拍一拍，一點都不過分。如果王小曼笑了，這一劃拉就可以向右理解了，是情人間的親昵。結果是王小曼臉紅了，紅得像從前的文學作品裡經常形容的那樣：像雲霞。王小曼頭低得更深地去給黃祕書收拾床鋪——真是個好女人啊，還羞澀不好意思呢。這年頭，沒結婚的小姑娘又有幾個還懂得羞澀?!懂政治也懂色情更諳世俗的黃處長深深地吐出了一口氣，好了，再向前，基本是一馬平川了。

黃祕書在王小曼家，果然就坐了一會兒，一杯水的工夫都沒坐完，手機、呼機響個不停。別人找他他倒敢拖延一會兒，說是在路上，堵車堵得厲害。而當他接到司機的電話，說省長要起駕的時候，他馬上告別了王小曼，回省委大院了。

黃祕書是真的喜愛王小曼，王小曼臉皮兒好，脖子也挺好，從夏季裡那隱約的長裙看，腰和屁股也都挺好，還有歲數，這歲數也正好兒，未滿三十又接近三十，女人最好的季節。從剛一見到王小曼的那天，黃祕書就喜歡上她了，有多少次黃祕書都想奮不顧身地摟住王小曼，好好地抱上一抱。可是黃祕書還不敢，他要以大局為重，前途為重，女人的事他還拿不準，如果王小曼突然大喊一嗓子，或搧他個耳光，他這輩子就別在大樓裡待了。可是，經過時間，經過慢慢地觀察，他發現王小曼對他是有好感的，特別是當他真實地幫助了王小曼之後，他發現王小曼看他的眼神充滿了願意。

黃祕書第二次來王小曼家的時候，他拿的是某新聞單位贈送給他們的一套書，硬殼精裝的兒童讀物，這正是女兒要了多長時間而王小曼一直沒捨得買的那套讀物，王小曼很高興。讓王小曼更心動的是黃祕書隨身帶的那隻杯子。在這個城市，人們有個普遍的生活習慣，就是走哪都要親手掂著自己的杯子，杯子的檔次透露著持杯人的身分。多數老百姓的水杯只是一隻喝過飲料的塑膠瓶，而黃處長拿的則是不鏽鋼的保溫杯，炮彈型的杯蓋兒打開來可以當小水杯用，摔上就是一隻不灑不漏的保溫壺。王小曼心想自己要是有這樣一隻水杯多好啊，既可以喝水又能當保溫盒帶飯，還禁磕禁碰不怕摔。可是她聽黃處長說，這一隻杯子要幾百塊錢呢！

那天晚上黃祕書和王小曼沒有用說廢話來消磨時間，而是開宗明義。黃祕書是有備而來，他請王小曼看了色情光碟，王小曼就請他上床了。

黃祕書和王小曼就算情人了，像所有的情人一樣，他們的故事發展也基本是那些套路：開始的時候都很熱情，也較謙虛；時間長了知己知彼，不再客氣；最後是厭倦挑剔，成了累贅，說話處處是刺兒了。王小曼現在就經常什麼難聽揀什麼說了。

她說：「黃祕啊，你們現在多幸運啊，要是在古代，男人想靠近權勢過榮華的生活，路子只有兩條，要麼科舉，頭懸樑，椎刺骨，累個半死；要麼宮刑，又閹又割先殘了自己。這兩種辦法都很要命啊，范進費了一輩子的勁，頭髮都白了，人都熬瘋了，最後才弄了個舉人是吧？離好日子還遠著呢。而安德海、李連英，哪個不是年紀輕輕硬把小夥兒鼓搗成了老太太？富貴的代價是廢自己終生啊。你看你現在多好，一不用科舉，二不用宮身，只要每天多動心眼兒，把領導伺候好，就能享一輩子的福。政府還給了你們起了這麼好聽的名兒：『祕書』，而從前那些男人，要麼太監，要麼奴才的，多難聽啊。」

「小曼妳嘲笑我？」

「不是嘲笑，我羨慕你。你的好運用現在一個常用術語，叫『雙贏』，就是說既不用動一根兒毫毛，又不耽誤榮華富貴。黃祕，你可要感謝黨，感謝這個好時代呀。」

「我還要感謝妳。」黃祕書來了鬥志。可王小曼四兩撥千斤，把他推開了。

黃祕書知道王小曼對他不滿意了，女人啊，得隴望蜀，欲壑難填。自從去了一趟黃祕書家，就像阿里巴巴和四十大盜，芝麻開門後，王小曼見到了黃祕書家宮殿一樣的大房子，大房子裡港臺電視劇上才有的那些畫面，王小曼猶猶疑疑，左顧右盼，眼淚都快下來了。黃祕書甚至懷疑王小曼還看見了他家的貴重珠寶……

其實更讓王小曼心疼的是那一箱箱正在爛的進口水果：自己的女兒那麼小，買水果從來都不敢問迎季的，而黃祕書家這些東西卻在爛……。你老黃真狠心啊，在我家混那麼長時間，一套破兒童讀物就打發了我，你真是拿人不識數兒呢。你什麼黃處長，黃嫖客吧！

這時的黃祕書，已經榮升為黃處長了，組織部門的處長，權力更大。可是他每次來王小曼家，確實為帶點什麼登門而煩惱，而費一番心思。比如今天，黃處長拿來的是一塊三寸見方的時英錶，錶下面是「某省作家協會紀念」的字樣。這肯定是黃處長從前當祕書時，跟省長剪綵剪來的。黃處長也可能覺得一塊小錶兒有點輕，他還同時配上了兩瓶酒，叫什麼白乾，這種酒是黃處長老家的特產，屬中低檔，一般都是成箱買、成箱送人。王小曼甚至看到了黃處長臨出門時手拿小錶左右掂量，覺得不夠份兒，又順手從箱子裡抽出兩瓶酒的情景。王小曼笑了，她說：「送錶和送鐘，可是不吉利的事，要在從前，送這種東西會讓人家打出門去的。」

「是嗎？我還不懂，只是看小錶挺好看，就給妳拿來了。」

「我不會喝酒，你拿酒幹麼？」

黃處長有點臉紅，也有點惱怒，從前那個善解人意說話好聽的小婦人，怎麼一下就掉包成了現在這個刁娘們兒？從前就是拿來一捆宣紙，文化不高、家裡也沒人練書法的王小曼都會輕輕地接過來，放到一邊，什麼都不問，就像接過丈夫下班回來的包。怎麼現在一下子就這麼尖酸刻毒了呢？

「家裡來人喝吧。度數不高，不上頭的。」黃處長說。

「除了你來，家裡還沒來過別的男人。」王小曼直視著黃處長。

那一天黃處長待得不那麼理直氣壯，他接下來的話說得有一搭無一搭，始終都沒敢提上床的事。王小曼只給他的杯子裡續了點白開水，沒有放茶，也不像平時那麼談笑風生地伺候著他嘮嗑兒了。黃處長不抽煙，在這種氛圍下做不出思索狀，所以他只有拚命喝水。在接下來有些沉悶的空氣裡黃處長掏出了手機，連著打了三個電話，問手機有事沒有，手機裡好像都說沒事。這時黃處長的呼機終於響了，他如釋重負，邊歪著身子查看呼機內容，邊藉機告辭。

其實他那天的呼機也沒什麼事，只是一個剛畢業的大學生為了溜鬚拍馬，打個傳呼讓黃處長放心地在外面待著，家裡有他盯攤兒呢。黃處長很感謝這個報平安的傳呼，他使黃處長得以從尷尬中脫身，走得自然體面，理由也充足。

黃處長是有尊嚴有臉面的人，王小曼對他的冷遇，使他也下過決心再不來王小曼的家了，更不給她打電話了。他心裡認定王小曼對他是沒有情意的。他心裡非常奇怪，老婆對自己那麼好，沒有一點討價還價，完全是心甘情願，可自己就是不願和她再有身體的合作了；王小曼對他並不真心，忽冷忽熱，使他精神上受盡了折磨，可他就是想王小曼，想得迷頭迷腦，常常工作都幹不下去。那一刻，黃處長理解英雄和美人的關係了，也明白了江山和女人的缺一不可。這種時候，他就忘記了那些決心和理智，他開始給王小曼打電話，給王小曼講道理，他還舉例說明，說自己當祕書那會兒，「文化口的多少女演員，包括那些要晉一級的女作家，給我打電話，拋媚眼，請我出來坐一坐，喝杯茶，那意思我不是不懂——可我一個都沒答應！為什麼我單單看上妳了呢？妳一個保潔工，還妳這樣一個保潔工當情人，妳真的比那些演員還漂亮？不是，我就是看妳是個正經人，良家婦女，讓人放心。說實在的，要是有可能，我這輩子都願意娶妳當老婆！」

「別放屁了。」王小曼在心裡說，「你不就是想來我家嘛，你不就是想白睡嘛。」

春天的時候，黃處長再一次來到王小曼家，可是這一次黃處長更讓王小曼哭笑不得——春節已經過去多時，黃處長拿來的竟是炮仗，也就是過年未燃放完的爆竹，整整三連子，三連子爆竹，外加一袋過了期的驢肉。看得出，黃處長此番前來，是投石問路，沒有動真格的打算。以黃處長的身分，他就是再發情，也不會公牛一樣直撲王小曼，這一點上他還是很要臉面的。他只能先看看，看王小曼對他還有沒有那個意思了。王小曼呢，也在觀察他，王小曼想：「幫孩子入了個幼稚園，就要頂一輩子、白睡一輩子啊？」王小曼的臉色漸漸冷了下來，聲音不高，話語不多，坐在家裡那把唯一的破椅子上，像接見僕人的貴婦。

這種心情的會面，肯定是沒什麼內容了。

黃處長走的時候，王小曼站起身來，她拿出黃處長一次次帶來的這些千奇百怪的東西，一樣一樣給黃處長數，她說：「你看這日記本、會議用包吧，我根本用不著，孩子小，她上學用也要等十年八年的；這蔚縣剪紙呢，我更沒什麼用，我一個保潔工，不懂剪紙藝術，再說它賣也賣不了幾個錢；那塊錶呢，還好，不吉利就不吉利了，起碼還可以看個時間。而你今天拿來的這些爆竹，可是太讓我為難了，房間這麼小，你讓我把它放在哪裡？天越來越熱，哪天它若突然爆炸起來，還不把我和孩子嚇死？你把它拿回去吧，還有那袋驢肉，都過期了。黃處長，你如果還想來我家，就給我買個水杯吧，像你這種不鏽鋼的，能喝水，能帶飯，禁磕禁碰還不怕摔，我都喜歡它多長時間了。你給我也買一個吧，反正你們買什麼都能報銷。」

黃處長愣了一下，開口跟他要東西，王小曼還是第一次。不過他馬上就痛快地答應了下來：「行，一個水杯，那還不簡單嗎？下次就給妳買個新的來。」說到這，黃處長有了勇氣和力量，他非常行家裡手地把王小曼從後面抱住了。

王小曼輕輕但是堅決地推開了他，說：「不行。今天不行。」

只隔了一天，黃處長就來了，只是他手裡還拎著他的舊杯，王小曼有點失望。這時，黃處長從兜裡掏出一張紙，說：「那種杯子過時了，幾家大商場都下櫃了。現在流行的是諾亞水晶杯，不過不保溫。我就沒買。這是一張代幣券，裡面有五百塊錢。寶龍倉的。」

王小曼沒有接，她想了半天，說：「要不，你把你這隻舊的給我？」

黃處長沒有答應，他深深地嘆了口氣，說：「小曼，按理說這一隻舊杯子，根本不值錢，妳又不嫌棄，我理應送給妳。可是妳不知道，這杯子呀，這包呀，我老婆都太熟悉了，少一樣她都會跟我大鬧，我沒法交代。」

「你不會說丟了？」

「天天出門有專車，又不打的，能丟哪去呢？她鬼著呢，根本蒙不住她。有一次我把包落在了車裡，她跟我鬧了半宿，最後追到司機家，在車庫裡找到包，她搶到懷裡才甘休。小曼，這券裡的五百塊錢，妳可以到超市挑著買，買一隻妳喜歡的。」

「我就喜歡這種。」王小曼說。

後來，五百塊錢的代幣券，被王小曼以三百五的折扣兌成了現金，到另一個商場買了一條裙子。不久，王小曼就告訴黃處長，別打電話了，更不能來家了，她找男人了。為了證實王小曼此說的真與假，黃處長還大著膽子打過一次電話，結果，是一個男人接的。黃處長只能煞有介事地問：「誰呼我了？」

黃處長已經半年沒有見到王小曼了。王小曼從保潔公司辭工了。

這一天黃昏，黃處長的心情壞極了，在不得見王小曼的日子裡，他常常整夜失眠，為了不引起老婆的懷疑，他有時就睡在辦公室。可是越獨自一人，越難成眠。在這半年裡，他比較了又比較，還是王小曼最好。他給王小曼舉的那些演員、作家的例子不是吹牛的，她們當時確實千方百計請黃祕書喝過茶，可黃祕書現在是黃處長了，文化口的演員、作家們就對處長興趣不大了，對黃處長有興趣的是那些想升官兒的女幹部。機關裡的女幹部走路都是一個姿勢，說話也像報紙摘要，實在乏味得很……。黃處長來到王小曼家的樓下，像個失戀的年輕人，走了一圈又一圈，他盼望能和王小曼邂逅、相遇。此時，他是太想見到王小曼了。如果相遇不成，黃處長都準備好了第二手，就是直接敲門。他把道具和謊言都準備好了：如果是王小曼的丈夫來開門，他就把「買刀嗎？」換成「要壺嗎？不鏽鋼的。」為此，黃處長還脫下了平日的西裝革履，換上了一身類似推銷員的夾克衫。

敲了半天，沒有人，沒有人給他開門。黃處長沮喪地來到樓下，王小曼去了哪裡呢？這麼晚了。黃處長不死心，他要等王小曼回來。他還突發奇想，要看一看陪王小曼回來的那個男人。很奇怪，黃處長此時的心情，就像待捉老婆姦的丈夫。黑暗中，黃處長有淚流出來了，他覺得，他是有點愛上王小曼了。

正在黃處長思想家一樣痛苦地思考、左右徘徊時，門衛老頭盯上了他，並報告了派出所。那時正是春天，放炸藥包整棟炸樓的恐懼還沒有過去，風聲鶴唳，黃處長的懷裡又揣著一個鼓包。兩個派出所的民警惡鷹撲食，下的是死手，黃處長像抱球的橄欖隊員一樣，一下子就被壓到了最底下，懷裡的不鏽鋼壺可比橄欖球硬多了，硌得他的肋骨嘎巴巴響。一個民警用膝蓋頂住他的頭，另一個用腳「啪啪」就踢了他倆嘴巴子，鼻血立時就踢出來了。他們抹肩頭、攏二背，把黃處長捆了個牢，然後從他懷裡解除那包危險品。

可是，那個踢嘴巴子的民警怎麼都不相信這只是一隻空壺，他拿著它裡外地看，又放在耳邊聽了半天，沒有什麼滴答之聲，另一個民警和老大爺也都拿著它晃了半天，放到耳朵上聽，最後確認它確實既不是炸藥包也非定時炸彈。踢嘴巴子的民警受了戲弄一樣上來又踢了黃處長的屁股兩腳，說：「有這麼晚到人家推銷壺的嗎？起來，別裝死。」

這時，王小曼回來了，她手裡既沒牽著女兒，身邊也沒有跟著丈夫，一個人濃妝豔抹，穿著那條昂貴的長裙。夜色中，她看到了被捆得蝦一樣弓著的黃處長，臉上血水讓他像個殺人犯。

王小曼有那麼一分鐘的遲疑，然後，她還是停下了腳步，她走上來，說：「你們抓他幹麼？他是我鄉下的表哥。」

一場誤會。黃處長用夾克衫袖子抹著臉，鼻血停了，淚水還在淌。王小曼救下了他，他此時的淚如雨下是感激。王小曼讓他上樓洗洗，他感動得又湧出一批淚。他小心地問王小曼：「妳丈夫呢？」

「我根本就沒找。」

「上次接電話的那個人？」

「那是我弟弟。」

王小曼幽幽地嘆了一口氣，是深吸。

黃處長也長長地、長長地吐出了一口氣。那是如釋重負的吐出。一吸一吐，王小曼聽得清清楚楚，但她心裡明白，含義是如此不同……

——二〇二二年四月十六日修訂於石門

母親和牆角的聖誕老頭兒

女人午睡起來，輕輕地移動了一下身體，她聽見另一房間「嘶啦嘶啦」的翻作業本聲——嘶啦，嘩啦——女人知道，這是孩子在翻給她聽，孩子知道她醒了，就馬上用「嘩啦嘩啦」的翻作業本聲，表明他在學習，他在努力用功。而事實上，此時的他也許正戴著耳機，聽那快得讓人一句都聽不懂的什麼組合，作業本下面，壓的是《美少女戰士》或《灌藍高手》。如果真的在寫作業，是用不著這樣「嘩啦嘩啦」亂翻的。

女人並沒有睡著，她只是平躺了一個中午，這從她蒼白無血的臉色上可以看得出。「嘩嘩」的翻本聲終於停止了，孩子一定是在側耳細聽，判斷母親起來後是先來他的房間，還是去衛生間。現在，孩子聽到女人直接去了衛生間，他可以放心大膽地，做上一會兒，他喜歡做的事了。

女人用一把專備的小剪刀，剪紙藝人一樣三下五除二，把用過的衛生巾，剪裁一下重新拚貼好，補用上了。同時，她在很暗的衛生間裡，做這一切並沒有開燈。從女人的用紙、用電等行為上，可以判斷出她是個窮人，可是女人左手的無名指上，卻戴著一枚閃亮的鑽戒。在她放水沖刷的一剎那，孩子聽到了一聲嘆息。儘管水聲的分貝遠遠大於嘆息。

媽媽最近怎麼了？孩子摘下耳機，他聽到母親洗過手後就回房間了。而從前，母親起床後，總是先拐進他的屋裡，看看他在幹什麼，是關心，也有督導的意思。即使去了衛生間，回來也要到他的屋來看一看。有時敲門，有時不敲。「棟棟，又玩呢？」這是媽媽常問的一句話。「學習呢」，「寫作業呢」，或「看書呢」，這是他一慣的回答。

可是近來，近來的一段時間，媽媽幾乎不來他的房間了，偶爾進一次，也是到床下找什麼東西，而不是找他。棟棟覺得媽媽變了，本來媽媽不再來他房間，他是歡迎的，也由衷地高興，可是媽媽不但不進他的房間，也不叨嘮他學習了，連眼睛都很少和他對視，媽媽好像有了什麼不好的事兒——這使棟棟心裡有點不安。正是基於這一點，他才把作業本翻得嘩嘩響，他似乎想安慰一下母親：看，我在學習。

女人回到臥室，從床頭抽屜裡拿出一雙老式的襪子，黑色的。慢慢地打開來，裡面是一卷錢，百元面額的，共三千五百塊。女人攥衛生巾一樣把錢攥在手裡，使那錢在她小小的手裡竟不露一點邊跡。她又從手包內壁等不同隔層，搜出一千五百塊，和手裡的錢加在一起，共五千。這是孩子的學費，下午三點，家長要在規定的時間和規定的地點，去交錢，遲了，算自動退學。那是個熱得讓人不敢討價還價的學校，嫌貴，走人，不嫌貴的家長多得是，都在排隊呢。

女人把錢又數了一遍，裝進牛皮紙信封，放入包裡。然後把那雙老式的黑色襪子，再次捲好並埋入抽屜的最底層，雖然襪子已經空了，裡面沒有錢，女人還是像從前那樣，把它混入抽屜的一些舊物裡，讓人以為那僅是一雙日久的，沒人穿的襪子。

電話鈴響。電話被女人用一個軟棉墊長年墊著，這使它的鈴聲聽起來非常微弱，不是突然地炸響。儘管這樣，倚在床頭的女人還是一抖，看定時炸彈一樣看著電話。液晶屏上已經有了來電顯示，一個熟悉的號碼。近一個時期，女人最怕的就是這個號碼。本來識別了來電可以不接，但是如果不接，這個電話就可能打給她的學校，或者，她的兒子。

那樣，會更糟。

女人咬了下嘴唇，拿起了電話。沒等她說話，那邊近似男高音的宏亮嗓門兒傳來：「怎麼樣，準備好了嗎？到底出什麼？」

女人握電話的手指微微顫動，她說：「想好了我會給你去電話。」

「多長時間？太長了我可不等。」

「會很快的。」女人放斷了電話，並且把電話線拔了。

女人用剛才抓電話的左手扶持著自己的左胸，心臟就像一個有著敲擊力的鼓鐘，「哐哐哐」地擂著女人薄如蟬翼的胸脯。女人用手死按著，不然那個叫心臟的東西快要破膛而出，把她擂破了。女人又一次仰倚在床頭，準確地說是癱在那裡。

牆壁已經由白色斑駁出各種醬灰色的圖案，定定地看久了，會不知不覺看出一些逼真的圖像，人頭馬面，各種動物都有。如果稍遠一些，再換一個角度，那逶逶迤迤的一片，又很像傳說中的龍。中國假龍在室外玩耍，或建築物的廊簷上雕著，都有觀賞性，可是誰家的牆上若印著一條黑乎乎的龍，就有些恐怖了。女人每看到此，都會驚出一身冷汗，特別是那幾根龍鬚，常常幻化成一個只有幾根毛兒的圓腦袋。

女人聽到，另一屋的翻作業本聲，又響起了，嘩啦嘩啦，女人心煩地閉上了眼睛。閉著眼睛的女人聽到了牆上劣質時英鐘的踢踏聲，踢哩，嗒啦，像腳有跛疾的人在走路。在這靜寂的午後，任何一種聲音，都令女人心驚肉跳。她試著坐起來，決定出去，去學校給孩子交錢，儘管時間還早。再待下去，胸腔內那滿滿的沉重，就要化成江河了。

五千塊錢實在是太多了，直到了校門口，女人還在心疼著這鉅額的一筆學費。剛上初中，就要交五千塊錢，接下來的高中、大學還要拿多少呢？天下人都為錢瘋了，學校更瘋，收錢這麼狠，還理直氣壯。女人這樣想著，下了自行車，她顯然是來早了，學校門口的值班保安正伏在一張木桌上睡覺，那紮歪的腰帶和亂草一樣的頭髮表明他從郊區剛招上來。女人把車子靠到圍牆的一角，單獨成行。以避免出來時車子被淹沒在車海裡。

可是，就在女人低頭鎖車子的一剎那，午後的陽光陰影下，閃電般竄過一個人，飛禽一樣到女人的肩上叼一下，猛地飛了。女人抬頭，看到自己肩上的挎包，隨著飛禽的遙遙離去，一路跌跌撞撞，落在了早已候在那裡的摩托車上。

摩托車轟鳴著飛翔起來，飛得很艱難。邊飛，邊一路吐出了工作證、身分證等棕色小本本，還有小鏡子、小梳子這些日用品。暴徒只要錢，對這些無用的小東西，拋得一路飛揚。

直到看不見人影了，女人才突然想起似地，「噭」地一嗓子：「小偷啊！」她把劫匪叫成了小偷。

趴在桌上瞌睡的小保安抬起頭來，看到嗓子劈裂了的女人喊完小偷，又喊：「學費啊——我孩子的學費呀」——女人就像被人兜頭澆了冷水，滿頭是汗，滿臉是淚。

陸續圍上來一些人，小保安也站了起來，他走起路來腰帶更歪了，很像電影上的甲乙匪兵。他問女人：「是不是他往妳的車後圈裡扔了鐵絲兒？跟妳說，車子被絆了妳也別往後看，一看就完。」

「沒有鐵絲呀。是我鎖車子的時候。」

「那妳也得加小心。小偷都知道今天交費。」小保安把劫匪也叫成了小偷。「看著吧，待會兒還得有。這些人現在專門在銀行、學校跟前貓著。這妳都沒聽說？」

女人搖了搖頭。

「妳可真是的，連這都不知道。銀行、學校、醫院，是小偷搶包的三大基地。是吧。」保安把臉轉向了大家。

「唉，沒受傷就是萬幸，有的暴徒，根本就不管妳包裡有錢沒錢，上來就是一刀，捅倒再說。」一個中年男人看著流淚、流汗也淹不沒幾分姿色的不幸女人，安慰地說。只有他把搶劫犯叫成了暴徒，而別人只是一味地「小偷，小偷」。

「是，上午在28中門口，也有人被搶了，聽說那女的一直不撒手她的包，被小偷給拖出去老遠，臉上的皮都磨掉了。」

「打電話報警啊。」男人指著保安手裡半導體一樣的黑色大手機。

「這種事兒報警沒用，就像丟自行車一樣，沒個找。除非小偷犯了事，自己撂出來。你沒看見他們把車上的牌兒都摘了？」

女人臉上流著淚，像汗水一樣簌簌淌成了一溜溜，她彎下腰，開始拾麥穗一樣一彎腰一彎腰地拾撿她的東西，主要是那些小本本。小鏡子、小梳子都摔壞了。拾完了，沒有包可放，也沒有兜可揣，女人把它們捏在手裡，茫然四顧了一圈兒，透過淚眼看見了自己的車子，歪在牆角。「如果剛才不怕麻煩，把車子放在車隊裡，也許就好了。」女人後悔著，走路都順拐了。

進了家門，孩子正在看電視，他顯然估計錯了母親回來的時間，本來平時看電視，他都是在母親快下班的時候，預備上幾支冰糕，邊看邊給電視機殼降溫，母親回來，儘管電視機的機罩蓋得有些歪扭，可是摸摸機後身，沒有太高的溫度，也就算了。現在，母親已經來到室內了，電視還沒來得及關上，可能劇情使孩子太忘情太大意了，他索性就不關了。抬眼看母親，等著訓斥。

可是，母親空空的兩隻手捏著幾個小本本，哭過的臉上還光亮著淚水的痕跡。她看了看電視，又看了看孩子，什麼也沒說，進房間了。

母親的一瞥使孩子看懂了兩個字：「傷心」。

晚上，女人久久睡不著，她聽到另一屋的床上，同樣也有翻身的聲音，間或還有一聲小小的嘆息。一個孩子的嘆息，十二歲的孩子在黑夜裡嘆息，女人突然感到了心碎。她慢慢地坐起來，不用看錶，也知道現在已經過十二點了。過了子時，孩子還沒睡，小小的孩子在失眠，他的心裡究竟有了怎樣的難過？女人輕輕來到孩子的房間，黑暗中，看到兩隻胳膊枕著後腦勺的孩子，亮亮的眼睛看著黑暗。見她進來，輕輕地叫了一聲「媽媽」，坐起了身。

「楝楝。」女人的眼淚又湧出來，但她用力繃緊了面部肌肉，使那淚不再流動，死死地噙在眼裡，不落下來。

「媽媽，妳有事兒了，是嗎？」

「媽媽今天給你交的學費被搶了。只剩下了工作證和身分證。」

「那妳下午沒交上學費？」

女人點點頭。

「沒交上學費我怎麼上學呀？」孩子有了哭腔。

「楝楝，你可以不念書了。每天都在家裡玩，看電視，看《美少女戰士》，玩什麼都行，就是不用學習了。你不願意？」

「不，媽媽，我要上學。我願意去學校。沒有同學在一起玩，我孤單。」

「媽媽給你交那麼多的錢，就是讓你在學校有玩伴？」

「反正我不願意在家待著，媽媽，我要上學，我願意上學。」

「上學也行，換個學校吧，不收這麼多錢的地方。」

「不，媽媽，妳別讓我出來，我不願意離開這個學校。」楝楝說著，小女孩一樣啜泣起來，兩隻手左一下、右一下地抹著眼睛。女人知道，孩子又在委屈他沒有爸爸了。

女人打開檯燈，拿來毛巾澆上溫水，擰乾，給孩子擦臉。「楝楝，媽媽的錢被小偷搶了，再給你交，就得借錢了，借錢交學費，你能好好學習嗎？」

「能，媽媽我能，我一定能。我再不看課外書了，也不看電視了，我一定好好學習，媽媽，妳快借錢給我交上吧。可是，咱們學費交遲了吧？」

「沒事，媽媽去跟收費的說明情況，她會收的。但咱們可說好了，交學費是借的錢，以後生活上要省著花，行嗎？」

「行，媽媽我聽妳的，不花零錢了，天一亮妳就快去給我借錢吧。」

早晨，女人從另一雙舊襪子裡，拿出一張定期存單。孩子真是太天真了，以為當下用錢，說借就可以借得到。這年頭，借錢比借命還難呢！好在有身分證，提前取沒費什麼周折。女人從銀行出來，地下黨一樣左顧右看，錢放在了她胸內的兜裡，鼓出一個失衡的包。女人打出租去的學校，為了安全，她豁出去了。可是路上堵車，等時的計價器蹦跳著數字，把女人的心率也跳得加快了，字蹦心蹦，一路上女人的胸腔都很疼。當她終於把錢交完，回到家，孩子果然在做功課。他小小的個子坐在那裡，用老家的郊區口音大聲朗讀著英語。

孩子說：「哎，媽媽，妳走後我看見咱家的電話線掉了，我給插上了。剛插上，有個伯伯打電話，他說找妳。」

女人的眼皮兒突突跳，沒有抬頭。「說什麼事了嗎？」

「沒有，我讓他告訴我，我可以轉告，他說要是找不到妳，下次肯定告訴我。」

女人覺得自己彷彿被人揪著頭髮給提到了半空，全身都是麻的。劫包的恐懼還沒消散，魔鬼又來敲門。

「他還跟你說了什麼嗎？」女人儘量平靜地問。

「沒有。但是我覺得他很怪，他說話時好像在笑。」

「棟棟，你下樓玩一會吧，學一上午了。」女人打發孩子出去。孩子的腳步剛到門口，微弱的電話鈴聲又響了。

微弱，但非常執著。

孩子的腳步走遠了，女人猛地抄起了電話。「你有完沒完！老畜牲！你到底要幹什麼！」

「幹什麼？我要幹什麼妳不知道？」

「你可真是老而無恥。」

「冤有頭，債有主，我怎麼不找別人？」

「你說過的話不算數嗎？」

「是，我是說過，可妳也不能就當真啊。妳是張曼玉？還是宋祖英？就是王妃，也沒這個價吧？」

「滿天下打聽打聽，看有沒有這個行情。」電話又說。

「躲？躲就行了？躲過初一妳還能躲過十五？」電話說。

「你想怎麼樣？」

「昨天那點錢，是給妳的教訓。想要妳的命，都不難！」

「魔鬼。」女人聲音低得近乎飲泣，她放斷了電話，感到了自己身體的濕涼。驚嚇和氣憤，使女人經血洶湧，外面的長褲都洇透了。女人奔向衛生間，這一次，她沒有再剪裁拚貼那塊用過的衛生巾，而是狠狠地，把它們一次性都扔掉了。黑暗中，女人指上的鑽戒熠熠發光，她遲疑著，把它慢慢地，擼了下來，扔到了地上。發出哐啷一聲好聽的金屬響。

走了兩步，到門口，女人回頭，看著地上的光亮，她遲疑著停下來，時間比前一次遲疑的時間長，就那樣看了一會兒，終於又彎下腰，把它，撿了起來。

鑽戒跟一小塊兒衛生巾，畢竟還是兩碼事啊。

女人今年三十五歲，她已經帶著孩子獨自生活了十二年。在這十二年裡，孩子的父親分文不給，理由是他沒錢。當初離婚，女人跟他有30元撫養費的協議，30元錢，男人也是欠著，因為他說廠裡欠他的，他們半年都沒發工資了。國家的三角債都沒辦法，我有什麼辦法？

「你的單位要是黃了，你對孩子的撫養費也就黃了？」女人問。

「差不多吧，廠裡不給我錢，我總不能偷錢給妳。」

「你不是給我，是給你兒子。」

「給我兒子也是由妳來花，都一樣。」

女人是帶著傷心和絕望離開小縣城的，從此，30元錢的債權也沒有了。艱難的日子裡，女人也不甘心，孩子生病的時候，一個人又花錢又治病把她累壞了，她特意換火車坐汽車，風塵僕僕地來找男人，即使男人不給現錢，也要寫張欠條給她。她想不能白白便宜了這樣的男人。

只幾個月，男人就結婚了，在女人原來的家門口，男人正坐在一截木頭上，抽煙。不遠處跑著一個光腚的小男孩，由於太瘦，兩隻眼睛大眼兒燈似的，天很涼了，小男孩卻光著腚，還光著腳丫兒。男人悠閒地吐著煙圈兒，覷著眼睛看掄起斧頭，使出渾身力氣劈柴的女人。女人也很瘦，可以用骨瘦如柴來形容，但是她瘦弱卻非常有力氣，斧頭掄得呼呼生風，地上的木柴已經劈出了一堆小山。從側臉看去，小男孩兒必是她的兒子了。

找了個能劈柴的女人，男人挺會享福的。女人嫉妒地想。

看到女人走來，男人停止了吐煙，但屁股依然沒有離開那截木頭。他沒等女人開口，就迎著她說：「妳是來找我要錢的吧，告訴妳，白跑了，沒有。一分錢都沒有。妳看看，要是有，我能讓那個小孩兒光著腚？他好歹也算我兒子吧。我們廠子黃了，聽說城裡廠子黃了，還給工人下崗保證金，最少二百。咱這兒，一分錢都沒有。愛哪告哪告去，活不起死去，沒人管。妳要是能要，直接去廠裡要吧，從那要出錢來，算我轉帳了。」

女人毒毒地看著他，沒說話。

「我要是有錢，能讓這孩子像個小花子？我現在是真沒錢。妳別逼我，逼我也整不出一分錢來，妳是女的，整錢比我容易，妳自己想辦法吧。妳要是憋氣呢，告我也行，把我送進大牢，辦了我。說實話，判我坐牢，我都願意去，省吃省喝省操心了。現在呀，真是活不起了。」

劈柴的瘦女人不知什麼時候停了下來，她用斧頭的長柄當槓桿，支著自己盤起的胳膊，伸長了耳朵，專心致志地聽男人講生活的艱辛。遠處的小男孩蹲在那裡一遍一遍地叫媽媽，喊她給揩腚，她都沒聽見。

「叫妳揩腚，沒聽見呢。」男人竟喝斥劈柴的女人。

女人一愣，扔倒斧子，麻利地去給孩子擦屁股。她用的是地上的玉米葉子。

男人把臉又轉向了女人。「真的，我真沒錢。我要是女的就好了。妳知道，這年頭兒，男人掙錢，比吃屎難。」

一隻瘦腰的柴狗跑過來，長長的嘴巴一下子就扎到了剛才小男孩蹲過的地方。

女人看著男人，終是一句話也沒說，轉身走了。她不明白這比賴皮狗還不如的男人，飯都吃不起了，卻能娶一個又一個的女人，還肯給他劈柴！

女人現在是一所精英學校的老師，她教低年級孩子們的素質教育，即每天上下午的健美操。「一閃一閃亮晶晶，滿天都是小星星。」女人併著雙腳，原地不動，腳跟兒及身體還有胳膊隨著節奏風吹楊柳般地伸展擺動。女人身材纖細，從後面看可以說她三十歲，也可以說她二十來歲。女人的好身材為她應聘時隱瞞歲數提供了極大的方便。

校長是一位相貌猥瑣的小老頭，他從一個只有小學文化的種梨農民，發財後，辦了一所現在的精英學校，自任校長兼黨委書記。小老頭有很多榮譽，人大代表、政協委員，還當過中共十幾大的黨代表。許多老師恭維他說「咱校長就是大陸的邵逸夫啊」。「邵逸夫」由此得名。

「邵逸夫」每天無論多忙，都要在女人領著孩子們健美的時候，出現在陰涼處，遠遠地觀看。督導教學，校長有這個職責。每當這個時候，女人風擺著的兩條手臂，必會快速地抽出一條，到自己的後衣襟上，快速拽那麼一下子。健美衣彈力太大，她肯定露後腰了。

牆上的龍頭又飛翔起來，很猙獰，可是今晚，女人不再恐怖。為了兒子，她曾經連有龍鱗的身體都不怕。女人的一切付出，都是指望兒子將來能好起來，過上尊貴的日子，上等人的生活。子貴母榮是女人的夢想。為此，女人從不晚間看電視，也不大聲走步，連做飯，都是無聲無息的。如果偶爾有一部濫情卻讓女人動心的電視劇，她都要把聲音消掉，看默劇。可儘管這樣，兒子的功課好像從來就沒好過，不倒數，已算不錯的了。女人不知道問題出在了哪裡。

孩子還沒回來，一放出去，就鳥兒一樣飛了。中央一臺的新聞調查都演十分鐘了，女人開始擔心，她穿上長裙，準備下樓去找找。

電視上的畫面使女人睜大了眼睛，停止了另一條穿裙子的腿：「這個男孩，只有十四歲，可他殺害了自己的親生母親。這把帶血的錘子，就是他當時用過的凶器。」女主持人說。

十四歲的男孩目光冷漠地看著鏡頭。

主持人又說：「是什麼，什麼樣的仇恨，使男孩下得去這樣的毒手？」——男孩抬起那雙疲倦的眼睛，說：「她總逼我學習。每次考試，都問我第幾。」男孩管他的媽媽叫「她」。

主持人：「後悔嗎？」

「不後悔，一點都不後悔。」

男孩殺害母親的原因，僅僅是因為學習，母親逼他學習。

主持人慢慢地翻動著男孩的日記，日記裡記錄了他蓄謀已久的殺害母親計畫，字跡歪扭，怵目驚心。女人突然想起什麼，她扔掉長裙幾步就來到了兒子的房間，她也要看看棟棟的日記。

棟棟的日記很好找，就藏在床鋪的褥子之間，很明顯地鼓著一個一本書大的凸痕。女人掏出來，隨便翻開一頁，上面寫著：

媽媽整天官（管）我學習，學習學習，煩死她了。

是我哭著求媽媽，媽媽才給我借錢交學費的。我絕不離開這個學校，因為我愛劉小妹。她也不願意和我分開。

再翻一頁：

天啊，讓他學習，他煩死我了；交那麼一大筆學費，為的是不離開劉小妹。「天啊！」——女人傻呆呆地站在那裡，心裡一句接一句地叫著「天啊」——自己的兒子，自己臉都不要了鬼一樣活著才養大的兒子，還指望他騎馬坐轎呢，可他——現在，他和電視上那個殺害母親的男孩還差多遠？女人一小步一小步地挪回自己的房間，手裡，還拿著兒子的日記。

兒子摁響對講門鈴時，女人沒有問話，就給他掀開了。然後把兩道房門也直接打開，自己坐回室內的床上，漠然地看著房門口。

一連開了兩道房門，在這麼晚的時候，還沒見到孩子，卻敢把兩道屋門大敞四開，女人此時的心情悲憤極了。孩子上樓的腳步走得咚咚響，還有喘息的呼哧聲。孩子進門邊低頭換鞋，邊說：「媽媽，我回來了。」

女人沒有搭理他。

孩子進屋，看到母親的臉色，有點疑惑，他想媽媽也許還在為丟錢的事不痛快，可是他轉眼看到了日記，自己的日記本，他小狼一樣惡狠狠地撲上來。「誰讓妳拿人家的日記！誰讓妳動人家的日記！」

女人把本子舉起來，她高舉的胳膊使棟棟無法企及，就跺著腳繼續喊：「看人家的日記是可恥的，看人家的日記不道德，老師都說了。」

女人把孩子的胳膊慢慢但是很堅定地給摁下來，說：「棟棟，你先別嚷，媽媽問你兩句話，問完就還你。」

孩子看到媽媽的眼神，害怕了，終於坐在了床邊。可能是跟母親挨得太近，不是他此時的願望，他又向後挪了挪。

女人說：「棟棟，你說實話，你也恨媽媽？」

孩子搖頭。搖得很猶疑。

突然，室內停電了。突然的停電使孩子騰地一下站起來，趕緊偎向母親。儘管他已經十二歲了，已經會向小女孩表明心跡，可黑暗，還是使他一下子恐慌。他用手拉住了母親的衣襟，並「媽媽，媽媽」地叫個不停。孩子懼怕黑暗，女人知道。女人起身去找蠟燭，孩子拉著她的衣襟，寸步不離地跟著。女人點燃，孩子趕緊擎過來，照明燈一樣高高地舉著。

女人拿了改錐（螺絲起子），準備去走廊修修電閘，可當她打開房門，看見走廊裡，還有對門的縫隙處，都有燈光。這說明只有她家出了問題。拉開電閘，鋁絲沒爆，應該是毛病出在室內。孩子舉著蠟燭前前後後地跟著，女人仰頭看了看棚頂，太高了，她搬來一把椅子，再疊上一隻小凳兒，然後雜技演員一樣，一點一點兒，攀了上去。女人是準備檢查燈管了。

凳子和女人形成顫顫巍巍的梯子。

孩子把蠟燭粘到了桌子一角，他騰出兩手，來把住搖搖晃晃的媽媽。

「棟棟，別摸媽媽的腳，媽媽有電，該把你連著了。」

「不，媽媽，我也不怕死。」

孩子的話讓女人萬箭穿心，兩腿一軟，身體隨著眼淚，呼嗵一聲都掉到了地上。孩子要抱母親到床上，他個子還矮，幾乎是拖拽。女人坐在黑暗裡，摟緊了孩子，用手摸著孩子的頭，她摸到了一臉的淚水。

期中考試的時候，棟棟拿回了成績單，班裡的倒數並列第一。五千塊錢，買了二百分，平均兩千五一百分。

孩子歉意地笑著，一遍一遍地用手摸著自己的後腦勺，另一隻手舉著學生手冊。那上面要家長簽字，他知道母親生氣了，不會給他簽，可他依然舉著，他本想自己替母親簽下算了，可是有的同學這樣做過，被老師處罰模仿簽名寫一百遍，直寫到可以亂真為止。現在，棟棟拿著手冊，一遍遍地遞到母親眼皮底下，歉意地說：「我把題算錯了。不馬虎就好了。」

女人突然歇斯底里：「你哪一次不馬虎?!這麼多年你什麼時候不馬虎?!拿走，我不給你簽！」

孩子還是舉著，不動。

「去那屋待著，別在我眼前晃，我看見你就頭疼！去吧，去玩吧，晚飯也別出來，你這樣沒出息，我不會給你做飯了，咱們都餓死吧！」

棟棟拿著他的二百來分兒，回自己房間了。他小聲說：「別的班還有一百多分的呢，還有十幾分的呢。我也努力了，就是不行啊。」

女人果然沒有做晚飯，她像一片秋天的樹葉，了無生氣又無聲無息地落在床的一角，就那麼貼著，很輕。極度的失望使女人沒有了飢餓感，在這尚未冷下來的秋天夜晚，她的心卻滴水成冰。

棟棟坐在自己的房間，他一等再等，母親都沒有出來。晚飯都不吃了，在他的記憶中只有兩次，一次是他翹課，一次是現在。他悄著手腳去門縫兒那看了兩次，母親紋絲沒動。棟棟有些害怕了，他怕氣死媽媽。

孩子在這個陌生的城市，一個可以求助的人都沒有。此時，他多盼著家裡來個電話呀，就是有個敲門的、查水電費的，也好呀。

可他看到，媽媽把電話線拔了。

棟棟拿起了笛子，他已經好久都沒有吹笛子了，這笛子還是他去年生日時，母親給他買的。買得起笛子，上不起笛子課，一節課要五十塊錢，媽媽說讓他就當玩具玩吧。棟棟很會玩，沒有任何老師，他竟能把笛子吹響了，音色上有點像簫，吹得曠遠淒涼。

心裡有了憂傷的孩子，拿起落滿灰塵的長笛，對著窗外的暮色，吹起來。他吹的是《泰坦尼克號》裡面那首〈我心永恆〉。

電影《泰坦尼克號》，女人當時看了一遍，沒看夠，帶著孩子，又看一遍。孩子說：「媽媽，我也沒看夠。」兩人就又看了第三遍，一共花了一百五十塊錢。女人覺得，當她坐在電影院裡，聽著那樣的音樂，那樣的歌聲，就是讓她與那些不幸的人一起沉入冰海，她都願意，她都不會再有什麼顧忌。那樣的音樂，真是此曲只應天上有啊。天籟。每聽一次，女人都能覺出自己的靈魂飛了，飛得很高很遠，好久好久不能回來⋯⋯。孩子知道母親最喜歡這首曲子了。

夜夜在夢裡，見到你，我想念你，我的心總是為你悸動。
穿越層層時空隨著風，吹入我的夢，愛你的心從未曾不同。

你我盡在不言中，你的愛伴我航行始終。

飛翔如風般自由，你讓我無憂無懼永遠地活在夢中……

笛聲，使女人的淚水，蚯蚓一樣爬滿了雙頰、脖頸……

耶誕節這天，女人接到了兩個電話。前一個說：「哈哈，聖誕快樂。」

女人把電話撂了，那是一個公用電話號。

第二個電話，是「邵逸夫」。他說他有事，必須見她一下。

晚飯的時候，對聖誕一知半解的孩子，竟大聲宣布：「今晚，我要早睡，早早地睡，半夜起來，哇，滿房間都是聖誕老人送給我的禮物！」

當時女人正在龍頭下沖筷子，孩子的話讓她的心又一次碎裂。自己根本就沒有給孩子準備禮物，糟糕的生活使她已經像個憂愁的寡婦，好久都沒有笑過了。現在，孩子竟要早早地睡，睡得睜開眼睛時，滿屋子都是聖誕老人給送的禮物。他不知道，在他們的生活裡，根本就沒有聖誕老人的。可他竟篤信要半夜醒來，這位播撒愛的老人今晚會來到他的窗前，給他送上禮物。

女人飯沒有吃，來到樓下超市，給孩子買了幾個花花綠綠的禮品包，還附了一張白雪公主的賀卡，以聖誕老人的名義，給孩子寫上了祝福的話。

孩子睡下後，她把它們悄悄地，放在了房間門口。

聖誕夜，下雪了。穿著素花中式夾襖，梳著一頭光溜溜美髻的女人，在雪霰下，讓「邵逸夫」校長更加霧裡看花。女人有著一雙細瞇且長，月牙一樣好看的眼睛，很像當年上海灘的那個金嗓子歌后。從古至今，這樣的女人，就是吃得了賣肉的苦，受不了賣菜的累。「邵逸夫」校長慨嘆。

「到妳屋裡坐會吧。就幾句話。」

女人搖頭。「孩子在家。」

「去我家也行，我家地方寬敞。」

女人搖頭。「孩子一人不行。」

「那，咱們去那邊走走？這麼冷，總不能就在這牆角蹲著吧。」

「孩子一會兒就醒了。」

睜開眼的孩子，果真看到了聖誕老人送給他的禮物，這麼多。高興得他一下子蹦下床：「哇，聖誕老人！」

母親不在，孩子快速地穿上風雪服，「蹬蹬蹬」跑下樓，他要去找媽媽。他也要讓母親，分享他的高興。

清冷的馬路上，沒有幾個人。在不遠處的牆壁暗影裡，站著母親，還有一個比母親矮的小老頭。

聖誕老人？

孩子看到聖誕老人輕輕地咳了一聲，還用拳頭堵了堵嘴。他走上一步，兩手扳住母親的肩，準確地說是巴住，因為他個子太矮：「其實，妳誤會了，我沒有別的意思。我今天找妳，是想告訴妳，有一個人——把電話——打——到了——我家。」

母親的臉，像雪地，一點一點地白了。聖誕老頭兒已經放開了那兩隻手，母親倚著牆，慢慢地，越來越矮了。

孩子快速地跑上去，他要扶住母親。

——二〇二二年四月十八日修訂

土豆也叫馬鈴薯

傍晚的時候，電還沒有來。黑暗的小屋內，冬梅藉著雪地上的反光，削土豆皮。她手裡的土豆還沒有雞蛋大，一粒一粒躺在盆底，像湯圓。

冬梅每天必須完成的一項任務，就是要削好一大盆的土豆，這個盆比臉盆還要大，那是她和羅大剛、郝亮亮還有李奶奶、李校長幾個人，第二天的菜食。北林縣在小興安嶺的北端，冷得異常，整個冬天裡，見不到一葉青菜。輔人過冬的副食，就是土豆。

「要是李雲清在，肯定能給點燈。」冬梅在黑暗中怨恨地想。

李奶奶並不是虐待冬梅，她自己也蹴在玻璃窗前，將就著雪地上的一點光亮兒，在深一針、淺一腳地給郝亮亮補毛衣。亮亮的毛衣是晴綸線的，繩子一樣硬。李奶奶用的是家常黑棉線，在她用針嘬過的地方，像盤著一隻黑蜘蛛。春天來了，脫下棉襖，就該換毛衣了。李奶奶每天的主要工作，就是給幾個孩子做飯、洗衣服，也兼縫縫補補，打理日常家務。

郝亮亮和羅大剛也不是吃閒飯的，他們除了學功課，李奶奶家院裡的那些力氣活兒，擔水、劈柴、掃雪除冰等，都由他倆包了。

在這個家裡，最輕閒的要數李校長了。李校長一天的生活分為四個時段：上午，聽聽收音機，坐小院兒裡曬會兒太陽；中午，李校長像南方人一樣，有午睡的習慣。而在北林縣，這麼冷的地方，日照短，下午四點天就黑了，人們是普遍不午睡的。下午，李校長一般要出去走走，目前這裡只有三個孩子，太少了，他要到同行們那裡看看，看看有沒有哪家，孩子多得住不下的，如果有，可以介紹給他。他這裡學生多時，也曾惠顧給同行。

今天下午，李校長就是出去聯繫新生事宜去了。一個時期來，到處去聯繫孩子，成了李校長的主要工作。不然他受不了李奶奶的叨叨。

晚上，李校長要給幾個孩子講課。講課倒不難，雖然冬梅是初二的，羅大剛剛上初一，而郝亮都初三了。課程不一樣，李校長也照樣講，而且不用講義。教了四十多年書，課本又是幾十年如一日，李校長對它們實在是太熟悉了，閉著眼睛都知道哪篇課文在哪頁。

「耶，這麼黑了，還不點燈？」李校長從外面回來，兩手凍得相互搓著，兩隻穿皮鞋的腳，「梆梆梆」不停地磕著，發出凍梨一樣「光兒光兒」的脆響。北林這裡實在太冷了，大多數人圖實在，出門穿的都是棉膠靰鞡，裡面有厚厚的毛氈子。而堅持穿皮鞋的，多是年輕人。李校長六十出頭了，但他非常熱愛年輕，染過的烏髮，不臃腫也不抵寒但是很精神的外套，還有腳下這雙雪地一凍更加鋥亮的皮鞋，使他的確和實際年齡拉開了一些距離。

「都這麼大歲數了，還臭美個什麼！」李奶奶看著去炕櫃底下掏蠟燭的丈夫，撂下手裡的針線，從花鏡上方，看著他的腳，說。

李校長馬上停止了「光兒光兒」的磕碰聲，他強忍著貓咬一樣的凍痛，努力把步子放得正常些，邊斜著身子掏蠟燭，邊說：「這敗類的電廠，收錢時挺積極，一到給電就總是接不上撚兒。」

「爺爺，這道題——」大剛舉過來他的作業本。這孩子有點智障，都十六了才上初一。家裡也是農村的，爹媽都去南方打工了。他們付給李校長的費用，是別的孩子的兩倍。大剛突出的表現是記憶力不好，他好像什麼都記不住。來了半年多了，告訴他要叫李校長，或李老師，可他總是「爺爺，爺爺」地叫。不但李校長彆扭，連李奶奶都皺眉頭：「什麼『爺——爺』的，這又不是住親戚，人家這是正兒八經的學校。」

「待會兒，等我點著亮兒。」李校長用胳膊擋開了大剛的本子，把蠟燭點燃，舉到冬梅頭頂的櫃子上，滴上兩滴燭淚，粘住了。

冬梅沒有抬眼皮兒，還在一下一下削她的土豆。削土豆，冬梅是喜歡用菜刀的，唰唰唰，四六下，一個土豆就削完了。可李奶奶嫌這樣皮太厚，白瞎了，一直逼她用土豆削子。土豆太小，而土豆削子那個扁細的小口，就像鳥嘴，怎麼小心，都不時地要到冬梅的拇指上叨一下，叨一下，就是一塊皮。冬梅心裡最恨的，就是每天要削的這一盆土豆了。

「夠了吧，差不多夠了。」李校長看一眼土豆盆，像是說給冬梅，又像在跟李奶奶商量。

「夠個屁，你說了也不算。」冬梅心想。這個家李雲清比李奶奶疼她，可惜他不當家。

果然，李奶奶沒搭話，李校長也就不再勸。

「咋樣，聯繫成沒有？」李奶奶更關心的是家裡的進項問題。

「有一個，可那孩子夠嗆，還不像大剛，大剛傻點，不禍害東西，聽說那個摔盆打碗，還打人。」

「要不，跟他家長多要點錢？」李奶奶說。

「多也多不了多少，一家一家的都在那兒比著吶。」

「那怎麼辦？天天就養著這仨？這還像辦學校嗎？一個羊也是趕，倆羊也是放，傻點傻點吧，孩子多總比孩子少強。」李奶奶說完，去廚房做飯去了。

大剛是個可愛的孩子，他搬個小凳當桌子，湊到了冬梅這兒，撅著屁股又寫起來。儘管他一道題都不會做，即使做了也是錯的，亂乎乎一大片，可是大剛只要幹上什麼，就非常專注。如果此時是在外面掃雪，雪掃完了，他也一定會手裡拎著掃箒，望著天空，等。他等著雪花落下來，他好再掃。

郝亮亮還沒回來，他上初三了，初三的課業量加大，今天是星期六，也不休息。幾個孩子中，李奶奶最喜歡亮亮了，冬梅太犟，大剛太笨，而亮亮，不但長得招人喜歡，門門功課都是第一，從不讓人操心。亮亮的好成績還給李奶奶家贏得了教學水準高的好聲譽，使她家的學生入住率，曾一直好於同行。年前，如果不是李果果家出事了，王松樹的父親有了意外，還有，那個隨母親跑到南方去的香香，小玲……，李奶奶家不會這麼冷清。

李奶奶從廚房出來，看李校長還站在那兒，她麻利地一貓腰，從立櫃底下搆出兩隻棉鞋，是她手工做的，大得像兩隻籃子，啪，啪，撂到地上發出耳光一樣的脆響。「快換上吧，別硬挺著了。」

李校長低頭看了看，他敢肯定，如果不脫掉腳上的皮鞋，直接穿到地上的籃子裡，應該也沒問題。

忽啦一下，電來了。李奶奶的頭頂是個二十五瓦的燈泡兒，突然的光明使屋內亮了一下，但也只幾秒鐘，燈泡就一點一點地，黯淡下去。北林這裡冬季供電不足，即使一百瓦的燈泡，到了晚上八九點鐘，也只是一隻螢火蟲兒了。燈泡的黯淡顯得燭火比它更明亮。

李奶奶快步走到櫃子前，她個子矮，踮起腳鼓著嘴吹了幾次，燭苗也沒熄掉。「妳看妳這孩子，多沒眼力勁兒，我搆不著，妳就不能站起來把它吹了？」李奶奶衝冬梅說。

冬梅站起來，「噗」地一口，把蠟燭吹滅了。

冬梅肯定瞪了李奶奶一眼，李奶奶感覺到了自己的後背被剜了兩下。「冬梅這孩子，眼睛裡長著牙呢，還是帶毒的。」冬梅來的第一天，李奶奶就這樣跟李校長說過。

大剛把作業本又舉過來，讓李校長給他講題。一剎那，李校長心裡打定了主意，那個孩子，給多少錢也不接了，太費勁。就說眼前的大剛吧，他差不多是道道題都要問，講完了還不會。帶這樣的孩子等於在開幼稚園呢，太累人了。

「大剛，馬上要吃飯了，咱們吃過飯再講。」

準確地說，李校長現在已經不是校長了，他從北林縣的第一中學退下來，有三年了。剛回家那會兒，李校長像所有的退休幹部一樣，心裡空得厲害。在學校時，李校長一直是老師，那一年，他班上有名同學考取了清華，北京的清華大學，全縣都轟動了。北林縣是個很窮的地方，全縣只有一條街道，還是寬寬窄窄的沙土路。縣長很重視教育，他給那個考上清華的學生，一下子就發了兩萬塊錢的助學金，學生的幾個主要科任老師，也每人發了兩千元，作為獎勵。李雲清，也就是學生的班主任李老師，一下子提拔成了副校長、李校長。不好的是，李校長沒幹兩年就退休了，他到了退休年齡。

一中因為出了清華這樣的人才，一下子就聲名鵲起了。許多遠在農村的家庭，也捨得花高價送孩子到這裡來讀書，考清華，幾乎成了所有家長的目標。

學校的住宿鋪位太少，盛不了那麼多人，家長們就有了分工，女人帶孩子在一中附近租個房，陪讀，男人在家裡種地，或進城打工。也有男人給孩子做飯、洗衣服，女人去南方掙錢的。總之，能讓孩子進一中讀書，家長們為此付出什麼都不怕，都心甘。

有一段時間，一中周圍的住房，上漲得比商鋪還厲害，儘管這樣，還少有空房。這樣，李校長他們這些管吃管住還兼補課的家教班，就適逢其時，應運而生了。在一中北側的小胡同裡，這樣的家教班多得就像路南的小飯館，一家挨一家，數不勝數。因為李校長有過學生考取清華的業績，最多的時候，他家裡收住過十五個孩子。

冬梅長得又瘦又小，兩隻眼睛卻又黑又亮，像伊斯蘭族的女孩。她來那天，是母親送的。那時學校已經開學，冬梅屬於插班生。冬梅的母親給李校長撂完吃住的費用，還掏出三百塊錢活動費，這個錢是必需的，因為李校長負責幫她插班，中間要發生一些打點的費用。

冬梅當晚，就住在李校長家的那鋪小火炕上，炕上擠滿了和她同齡的孩子，半夜的時候，冬梅下地撒了個尿，再回到炕上，她怎麼都找不著自己的空兒了。冬梅揉著眼睛，把李奶奶叫來，李奶奶用她木桿子一樣的胳膊，趕鵝一樣向左別了別，劃開一點空兒，又向右別了別，右邊的空出來了，左邊的又彌合了。李奶奶只好把胳膊槳一樣支著，喚冬梅：「快跳啊，往裡跳。」冬梅聽從命令縱身一躍，跳水運動員一樣在入水的一霎改成仰泳姿勢，氽進去了。冬梅可能壓疼了香香，香香「唉呀」大叫了一聲，一下子給她騰出一人多的空兒。

李校長他們這樣的家教學校，實在是因陋就簡了。家用的那口大鍋，是孩子們的食堂；冬梅他們的教室，其實就是李奶奶家的臥房；兩鋪大炕，是孩子們宿眠的地方，一炕睡男生，另一炕，用塑膠的幕簾一擋，是女生。吃飯的桌子吃過飯，用抹布一擦，就是課桌了。

冬梅洗完碗，像每天飯後一樣，坐到了火炕上的小桌旁。

炕桌很低，坐在跟前要盤腿，除了李校長對盤腿比較內行，其他的孩子都不大行。李校長兩腿左右一搭，像抱胳膊一樣舒適、圓滿。而冬梅、大剛、亮亮他們，完全是活受罪，大剛幾乎是跪著，亮亮則蹲著，冬梅坐在了炕沿，兩腿向下耷拉著，斜著身子。二十五瓦的燈泡，暗得像個螢火蟲兒了，蹲在灶口燒炕的李奶奶，皮影一樣一伸一拉。李奶奶在一下一下地往灶口裡搯鋸沫，她手上是一柄長桿，桿的頭上是一方小木板兒，用來頂鋸沫。北林縣的火炕，冬季裡，如果火熄了，那炕就如同一張鐵板，又冰又硬。燒鋸沫燃得慢，保溫。鋸沫也比木柴便宜。

按慣例，李校長一般是先給亮亮講，挑幾道難題，講個範例，然後由他一邊做題去。亮亮做題時，他再給冬梅講，給冬梅講得時間要長一些，因為中間一直被大剛打斷。今天，校長打破了規律，他先給大剛講，大剛應該算個聽話的孩子，他不管聽沒聽懂，都頻頻地點頭，不住地點，像很懂的樣子。此時，他的第一組點頭還沒結束，「哇」的一聲，嘴裡就揚出一浪一浪的東西——李校長的雙手、前襟兒，布滿了糊狀的土豆泥。「唉呀，這孩子可能中毒了。」李校長站起來，不顧身上的髒，扶起大剛，喊亮亮去推自行車，他們送大剛去醫院。

李奶奶撂下沒搯完的鋸沫，跑過來衝冬梅喊：「讓妳削土豆時把芽子摳乾淨，妳就不摳！妳個敗類。」

冬梅的這鋪炕上，只剩她一人了，冬梅感到孤單。雖然從前的半夜裡冬梅都不敢起夜，有尿也堅持一直憋到天亮。可現地，剩了她一人，不擠了，一個人睡著一鋪炕，冬梅覺得自己就像掉進了死海。她不願意黑夜的來臨，她盼望著有月亮的晚上，是月光，和地上的冰雪，使冬梅的夜晚，不那麼黑了。看著清冷的月光，冬梅時常想念起香香。冬梅不想媽媽，不想父親，她有點想哥哥，更想香香。

香香回不來了，香香是半年前走的。她爸爸在外面打工，打成了大老闆，有了女人，還生了孩子。香香的父親對她們說：錢，還照樣給，管香香，也管她母親。可是香香的母親不幹，她拉上香香，去找陳世美討公道去了。香香母親討來的公道，就是把陳世美父親蹲進了監獄，重婚罪坐大牢。香香在給冬梅的來信中說，不回來念書了，她已經能掙錢了。念書為什麼？是為考大學。考大學為什麼？還不是為了有工作，能掙錢。香香說她現在能掙很多的錢，香港、新加坡都去過了。香香沒有說母親的情況。

小玲家的情況前半部分跟香香家的差不多，後半部分有變化，小玲的父親是死活不認她們了，不再管她們的生活。小玲母親一人根本供不起這種家教班，小玲就又回鄉下了。母親認為在鄉下念書，念了也是白念，別說清華，一般的大學都考不上，還不如早點到地裡幫母親幹活，是個勞力。

冬梅還想起，香香她們走後的一個晚上，月亮也是這麼圓，這麼亮。冬梅半天都睡不著，身上灑滿了月光，屋裡和屋外一樣清朗。後來亮亮走了進來，亮亮悄聲叫著「冬梅，冬梅」，從後面抱住了她。

冬梅風中的小草一樣抖了幾抖，亮亮把她抱得更緊了。冬梅慢慢回轉身來，她黑亮的眸子裡，蓄滿了兩池淚水。亮亮一聲接一聲地叫著「冬梅，冬梅」。突然，他看到冬梅的眼睛午夜的貓一樣睜圓了，盯視著黑暗。亮亮覺得不對，猛回頭，他看見李校長站在了他們的身後。

大半夜的，李校長竟穿戴得很整齊，好像還不曾睡覺。

李校長沒開燈，他打開了手電筒，把她倆罩住了。「太不像話了！」李校長說。
亮亮放開了冬梅，冬梅又風中的小草一樣抖起來。
「你們這樣，怎麼對得起供養你們念書的爹娘喲。」
「還不趕快回去！臭小子。」

大剛早晨就沒事了，「馬鈴薯中毒。」醫院說，還得觀察觀察，再看看。李奶奶心裡直撇嘴：「哼，還不是想讓我們多花點錢，土豆還叫馬鈴薯，真能唬人。你就是叫成牛鈴薯、豬鈴薯，它不也還是一個小土豆兒。喊。」
李奶奶讓亮亮跟她做伴，陪著大剛。亮亮幾次申請回去，李奶奶不答應。李奶奶說：「李老師看了一個晚上，咱們也該替替他了，是吧。亮亮，你不能讓奶奶白疼你。」
亮亮搔著頭皮說：「奶奶，我作業還沒寫完呢。」
李奶奶說：「不急，亮亮，星期天了，也該歇歇了，咱們晚上寫趕趟兒。」
亮亮又說：「唉呀，我想起來了，院子裡還有一堆冰沒刨完呢，過幾天開化了，就該流到咱們院兒裡了，弄不出去了。」
李奶奶笑咪咪地，拉住亮亮的手，說：「孩子，那點活兒不忙，等大剛好了跟你一塊幹。你一人刨，奶奶捨不得呢。」
亮亮實在找不出藉口了，就趴到窗臺上去想心事，眼睛看著窗外。李奶奶看在眼裡，笑在心上。「哼，這是惦著冬梅呢，春天來了，小公貓、小公狗都發情，何況一個小公人兒了。」

冬梅睜眼醒來，屋裡很靜。她的炕還熱著，很熱的那種。光燒鋸沫，是不會有這種溫度的。冬梅猜到，肯定是李雲清又給她的灶口裡填木頭了，楸子木。松木、楊木都不會這麼熱的。

李校長曾背著李奶奶，偷偷給她加過多次木柴，有一次都到了早上，木頭還沒燒盡，被李奶奶發現了，心疼得李奶奶哇哇大叫：「敗家呀，太敗家了，這麼大一截木頭，夠煮一鍋苞米茬子粥了，他卻捨得燒炕，真是敗家透了。」李奶奶說著端來一盆冷水，把木頭狠狠拽出來，嘩地一潑澆滅了。並把已成木炭的半截黑木，拿到院裡支到柵欄上，晾乾。以備煮飯時再用。

冬梅想起來了，大剛昨晚去了醫院，可能現在還沒回來。她坐起身，看著早晨的太陽，冬日的陽光，雖然沒有溫暖，但直視它，還是有點刺目。這時，冬梅感到身後進來了人，她沒有回頭，還是向窗外看著。

李校長雙手背在一起，走到冬梅身後。輕聲問：「梅子，還沒來吧？」

「沒有。」冬梅搖搖頭。

「那——就趕緊起來吧。抓緊。」

冬梅回過頭，看見李校長耷拉著的一隻手上，攥著一根擀麵杖，擀餃子皮的那種小擀杖。

「還擀？」冬梅開始穿衣服。

「嗯，還得擀擀，不趁早兒，出了麻煩事兒就大了。」

冬梅沒有說什麼，她把棉襖穿完了，又拿過棉褲。

「不用，棉褲就不用穿了，不冷。」

冬梅狠狠一聳，把李雲清抓棉褲的手聳掉了。然後一聲不吭，繼續穿，直到穿完。

「這孩子，就是犟。」李雲清搖了搖頭。

「忍一忍，忍一忍就過去了。孩子。」李雲清俯下身來說。

聽李雲清管自己叫孩子，冬梅深深地看了他一眼，李校長感受到了李奶奶說過的那句話：「這孩子眼睛裡長牙呢，還帶毒。」

冬梅躺下來，躺在炕沿邊上，兩隻手，摸索著把棉襖襟兒捲起，有半寸；又把棉褲，向下捲了半寸。露出的小肚子，像一塊小餅。

李校長雙手拿起擀杖，躬著身，小心地，仔細地，在小餅中間，順著一個扇葉方向，輕輕地，輕輕地，一下一下，擀了起來……

李奶奶和亮亮、大剛他們，中午就回來了。李奶奶架不住亮亮的滿腹心事，李奶奶意識到，自己是把亮亮，當親孫子疼了。也是，別的農村孩子，不是把鼻涕抹到衣服上，就是抹到李奶奶家的牆上，而亮亮，咳嗽一聲都用手帕捂著。在李奶奶的心目中，亮亮肯定有出息，考不上清華，也能考上北大。「要是自己有這樣一個兒子就好了，不是兒子，孫子也行啊。」李奶奶常常這樣想，可是人家亮亮有父有母，有爺爺有奶奶，還有姥姥爺呢。亮亮的家庭非常完整，全家都在農村，種有大面積的平貝，是一種藥材，年年都可以賣一筆錢。亮亮的生活是幸福的，冬梅沒來以前，亮亮不是這樣的眼神兒。唉，冬梅這妮子，女娃兒是禍水啊。

路上，李奶奶看著臉還有點發白的大剛，狠了狠心，給他買了個包子，肉的。大剛吃，也不能讓亮亮看著啊，李奶奶又咬了咬牙，給亮亮也買一個。後來一想，李校長昨天晚上折騰了半宿，也沒吃好睡好，他是家裡的頂樑柱，全指望他掙錢呢，給他也買一個吧，就當餵狗了。冬梅，就剩冬梅沒得吃，那孩子眼睛裡長牙呢，李奶奶給冬梅也買了一個。

午飯，是四個人都吃包子，李奶奶給自己熱了熱早上的剩包穀粥，還有昨天的麵餅子。大剛問：「奶奶妳不願意吃包子是嗎？」

李奶奶說：「是，奶奶天生就是吃糠噍菜的命。」

這天晚上，冬梅是被亮亮背進醫院的，保住冬梅性命的，是李奶奶褲腰裡縫著的那張五位數存摺。

奇怪的是，出了這麼大的事兒，冬梅的父親沒有來。冬梅的母親，坐在李校長家的炕沿邊，聽李奶奶哭嚎。

李奶奶也六十多歲的人了，可她的哭嚎，像中年婦女一樣響亮，底氣十足。她嚎著說：「做損呀！——缺德呀！——不怪他們老李家不留後呀。」

「妳說他都多大歲數了，還有這口癮？梅子還是個孩子呀，都差了幾輩兒，他也下得去手，妳說，這不是畜牲嗎?!」

冬梅媽一邊飲泣，一邊晃頭：「冬梅呀，妳的命怎麼也這麼苦？」

「真是老不要臉的呀！——該天殺的呀！——我瞎了眼啊！——跟他過了一輩子，當牛做馬，吃糠嚥菜，省著省著，窟窿等著——這下子可好了，把一輩子攢的底兒都撇光了，連買棺材的錢都賠進去了。我真是倒楣呀，倒大楣了。我這麼命苦，肯定是上輩兒做大孽了，報應呀。」

李奶奶停頓了一下，抬起頭說：「梅子媽妳看看，妳看看——」李奶奶刷地脫下棉襖，一扔，棉襖鐵片一樣戳在了那裡。「梅子她媽妳看看，妳看我這穿的還叫背心嗎？妳看它像不像魚網？魚網都比我這眼兒密，這麼大窟窿、小眼子的，打魚都網不住。妳說我這還是人穿的嗎？」

李奶奶的背心有著比拳頭大的一處處窟窿。

「還有，妳看那棉襖，」李奶奶一指戳在那兒的棉襖，說，「這棉襖，還是剛結婚小產時，老畜牲給我買的。四十多年了，四十多年都沒換過，裡面的棉花都成氈子了，硬得都磨得慌。梅子媽妳再看我這張肚皮，哪有一點油水，跟那乾巴的樹皮、牛皮有什麼兩樣？梅子媽呀，我是捨不得吃，捨不得喝，熬巴來熬巴去，最後還得落個活寡呀……」

冬梅媽聽明白了，李奶奶哭了半天，是想求梅子媽別告他們，別讓李校長蹲大獄，其他，都可商量。

冬梅媽一直是木木的表情，像在聽別人的故事。李奶奶一看有商量餘地，她的哭收場了，用手擦了一把鼻涕，想抹衣襟又找不到可抹之處，她穿上棉襖，手指在上面抹了兩下，算擦手。沒等繫扣，就蹭地一下衝進裡屋，把炕上躺著的李校長揪出來：「別光裝死，給梅子媽賠罪。」咕咚一聲，李奶奶把李校長給推跪到梅子媽眼前了。

那一天確實出乎李奶奶的意料，協定達成得很順利。冬梅從此，就由李奶奶家撫養了，有他們吃乾的，不會讓冬梅喝稀的。另外，李校長要負責把冬梅一直送到高中、大學，直至畢業後有了工作，有了獨自生活的能力。不需要再額外付錢。即使付，李奶奶家也沒有了，一張存摺全花光了。

李校長跪著一一答應下來。

冬梅的母親就走了。

北林的五月，還是那麼冷。冬梅聽過一首老歌兒，叫〈五月的鮮花〉。五月份就遍地開滿鮮花了，這是說的哪兒呢？北林這地方，可還是一片冰雪啊。

冬梅在削土豆，土豆剛從地窖裡撿上來，冰蛋一樣軋手。但冬梅摳坑兒摳得很仔細，一點兒一點兒地摳。大剛上次是土豆裡發出的芽兒中毒的，她不想讓大剛再這樣。

亮亮跑過來幫她削土豆，因為只有一把土豆削子，亮亮想用菜刀，被冬梅制止了。冬梅說：

「別用菜刀，李奶奶該生氣了。」

亮亮就蹲在她旁邊，陪她說話。

亮亮悄聲問：「冬梅，妳為什麼還不走？」

「我沒地方可去。」

「妳不是有家嗎？」

「父親不是親爸爸，哥哥也不是。我覺得我媽可能也不是親媽。」

亮亮歪著頭，想了一下又問：「那妳一輩子就留在這裡？妳不恨他嗎？」

「總有一天，我會報仇的。」冬梅說。

「報仇。我幫妳。」亮亮晃了晃拳頭。

晚飯的時候，亮亮幫李奶奶盛飯，端碗，非常勤快。他的懂事使李奶奶一段時期以來少有笑容的臉上，有了笑意。她給亮亮的粥碗裡加了一勺稠的，亮亮卻恭敬地端給了李校長，是雙手遞的。李校長也衝他讚許地點了點頭。

大剛和平時一樣，呼嚕呼嚕三五口，半碗粥就進去了。「這孩子，就不能慢點吃嗎，又沒人跟你搶。」李奶奶用筷子杵了一下大剛的頭。大剛「嗯嗯」兩下，繼續呼嚕呼嚕吃。亮亮一直低著頭，在他的想像中，吃過他端那碗粥的李校長，應該像電影上那些遭了冷槍的壞蛋一樣，捂胸，瞪眼，身子折幾折，然後死不瞑目地，倒地。

倒下的剎那，還要咕咚一聲。

可是不好，大剛「咚」地倒了。那碗有毒鼠強的米粥，正在大剛手裡。

亮亮和冬梅同時尖叫起來——

李奶奶說：「沒事兒，八成兒又是土豆芽子中毒了。」

——修訂於二〇二二年四月　河北

邊界

斧頭被發明出來以後，森林嚇得簌簌發抖。
神說，你不給它提供柄，它是不會傷害到你的。

——猶太寓言

趙迅感到了冷，他睜開眼睛，見一輛馬車急馳而來，長長的院脖兒那輛馬車跑得鈴兒嘩愣愣。天上飄著細細的雪，像沙。

平板大車上，橫七豎八，堆著乾柴。待他仔細一瞧，竟是一堆凍硬的僵屍，裸體屍又乾又柴，支愣八翹疊在一起，像淡黃色的劈柴絆子。那個懷中抱鞭子的趕車人，衝著他喊：「再上一個，再上一個！」

一身的冷汗，趙迅嚇醒了。他坐起來，回想剛才的夢，那個趕車人，竟然沒有臉。趙迅手捂胸口，他覺得再不捂著，那個叫心臟的東西，就要從自己胸膛蹦出來了。

他在床上足足坐了五分鐘，才慢慢趿上拖鞋，進衛生間了。

「師兄，你怎麼讓我在你的寶地，做這樣的夢？」

這裡是福海鎮，一個盛產玉的地方。

趙迅來這兒已經三天了，在這三天裡，他夜夜做夢，夜夜如白天。而白天，又像夜晚一樣，迷迷糊糊，恍兮惚兮。他記得是哪本書上說過，不做夢的人，沒有靈魂。這些年，他的夢已經很少了，白天上班，征戰得魂不附體，晚上倒下，腦子通了電一樣，睡不踏實。而兒時，是有夢的，五彩斑斕，白天想什麼晚上就做什麼，天空，雲朵，自己變成了孫悟空，騰著雲，駕著一把小傘，隨意升起降落。那時母親說：「你還小呢，這是在交好運。」

趙迅的家鄉在北方之北，邊陲。與境外一江之隔。那裡多民族融合的一個後果，就是人種的強健。全部都人高馬大。趙迅有一頭天然捲曲的頭髮，很黑，很硬。趙迅還長著一張招女人喜愛的臉，前妻說他天生就有女人緣兒。高中那年，他夢到天空中有一片烏賊魚一樣的雲，很黑，很厚，飄飄忽忽，在他的頭頂上捲來捲去。他走在地上，那雲忽高忽低，他很怕那「烏魚爪」一伸一縮將他抓去。他越快走，那烏雲離他越近，都低得快壓到頭頂了。他一驚，嚇尿了炕。母親安慰他，說：「好小子，這是要有大運了。」

那一年，他考上了人人都嚮往的那所名牌大學。

就相遇了師兄，孫鳳竹。

孫鳳竹成長在最南端，南方之南。如果在地圖上劃對角線，他們兩人的家鄉正好是兩個端點。鳳竹兄人矮，但儒雅中透著威儀。一高一矮，他們成了最好的朋友。一個脾氣大，一個性格溫和，他們互補了人生的長短。四十多歲，正是最燦爛的年華，可鳳竹兄卻……

此番前來，趙迅也是滿身疲憊。本來，他正打算近期給師兄打個電話，如果去見一面，更好，像在大學時那樣，徹夜長談。那時，兩人聊著聊著，會去外面的小酒館，再喝一場。回來，又是一通神聊。聊得透徹，然後是酣暢的好睡，白天醒來，元氣滿滿。就是在那時，兩兄弟立下了誓言，都好好工作，好好發展，達則兼濟天下……。鳳竹做事有板眼，適合經商。趙迅呢，那時他還叫趙志強，改為「迅」字，可見其志。他本來是想從文的，畢業後進了機關，就成了寫材料匠。一手好字，一筆好文章，服務於領導，趙迅的才華在歲月裡就著飯吃。鳳竹兄呢，他做到了濟天下，他創造的財富，濟困扶危，那麼多小學，那麼多偏遠的孩子，還包括公益養老院……，助老扶弱，師兄幹得順風順水。同學們二十年聚會時，師兄那口南方普通話，說得還是那麼慢，那麼儒雅。那一天，他成為大家的精神領袖。可是，可是，在他的電話還沒打出，卻接到了嫂夫人，蓮蓉的電話。

蓮蓉在那邊哀哀地說：「你師兄，不在了。」

不在了，是晴天霹靂！他都沒有問出是怎麼不在的？為什麼不在了？什麼時候？怎麼回事？他就一屁股坐地上了。

蓮蓉嬌小，乖順。那份一低頭的溫柔、大家閨秀的溫婉，當大家知道這位校花同學已經成了他們的嫂子時，好一陣起鬨。師兄笑而不語。

趙迅的心像嘎嘣一下碎裂的碗，裂出了很多璺。他也在想，那邊的蓮蓉，也一定在發抖吧。

他說：「我馬上訂機票，馬上過去！」

從什麼時候沒有夢了呢？夜裡無夢，深夜無眠，十幾年的時光，一個那麼滿頭硬髮的小夥子，成了現在的頭頂光光。從一個小祕書，成為管理幾百號人的事業單位老大，處級幹部，然後，就無夢了。也不是完全無夢，是睡夢中，恍如白天穿行在隧道，四壁是弧狀的穹頂，逼仄、狹窄，又無盡頭。空洞感加窒息感，睡著像醒著，醒著像睡著。他把這種感覺說過給師兄，師兄用他的「南普」，說：「面面看，面面來。」

「慢慢看，慢慢來。不著急。」

慢，真是一劑良藥。那許多過不去的坎兒，蹚不過去的溝，深暗的隧道，在師兄所授的慢慢中，真的變成了緩坡兒、平路，天光大開了。時間這把利劍，真的給無路者闢路，涉水者架橋。趙迅祕書生涯結束，到博物院做了一方「諸侯」，學歷史，懂哲學，大展宏圖。

二十週年同學聚會上，師兄成為大家最敬愛的人。他呢，是女同學們熱捧的兄弟，推杯換盞，好不得意。晚上，大家鬧累了，各自回屋。他和師兄又像大學時一樣，對坐一起，一個學歷史卻喜歡哲學，一個攻歷史卻熱愛寫作，都是飽讀詩書，師兄更顯滿腹經綸。趙迅的習慣動作是兩手抱插在一起，或抵下巴，或抵鼻子，聽師兄宏論聽得不錯眼珠。那時他想，師兄的大腦門裡，裝著多少東西啊。簡直是人類智慧的倉庫。

蓮蓬出來的熱水，把趙迅澆燙成了紅蝦，他依然不動，就那麼淋著。「再上一個，再上一個！」——一輛拉死屍的馬車，對他喊「再上一個！」這是什麼意思？太喪了。趙迅不時用右手撫著剛剛劇跳的心。因為水流的作用，周身的血液慢慢均勻了，心臟好受些，有節律地跳動起來。他慢慢關掉水閥，擦乾頭髮，圍著浴巾來到窗前。

這裡是典型的傣族小樓，他提醒自己這裡已經不是北方了。沒有那麼深長的院脖兒，只有北方，地廣人稀，才家家有狹長的院子。此時的窗前，幾株不知名的樹，在晨風中輕輕搖擺。前面不遠，是又一座小樓。如果真有那輛拉屍的馬車，也不會「吁」的一聲停靠在他的窗前。有點冷，早晚溫差這麼大，真像東北故鄉。趙迅想著，在浴衣外面又披上了一件自己的夾克。他的思緒還在早晨的馬車上，天空飄著的雪，那麼細小的雪粒，應該叫霰。小時候，只要下雪了，他們就會跑到外面，張著嘴接。大雪片或小雪花，落進嘴裡，都是甜的。母親也不阻止他們，那時空氣乾淨，雪就是凝固了的水。冬天，街道上全是冰，且不平整。但不管多麼惡劣，都不耽誤營生。趕車的老闆，會「嘚嘚」地拉著一車柴火，沿街奔跑，送向需要的人家。下這種雪霰時，空氣是冷的，外面玩一會兒，臉蛋兒和耳朵都凍得超出原來的大。這人世間，真的有個造物主吧，不然，那凍脹了的耳朵、臉蛋，用不了一會兒，又慢慢復原了，完好了。他們每天，在比石頭還硬的雪地上，能騎著自行車飛。「上帝給了你擔子，也會配上相應的肩膀。」——他所在的組織不允許他們信別的教，但有些神奇他解釋不了。比如早晨這個拉屍的馬車，在昭示什麼呢？

他苦苦地思索。

也湧起了思念。

如果媽媽活著，就好了。那時他有了噩夢，驚掉了魂，母親會拿柄飯勺，跑到大門口——只有他們北方，才有這樣的深宅。母親站在大門的門框下，用飯勺敲擊高高的門楣，她的個頭要踮起腳，哐哐哐，扣擊三下叫著他的小名兒：「留住兒，跟媽來！留住兒，跟媽回家！留住兒，摸摸毛兒，嚇不著！」——他在姐妹和兄弟的嘻笑中，羞澀地，跟母親應答著。然後，喝下母親那飯勺舀起的水，人就好了。再睡覺，魂回到體內。

也有母親解決不了時，那麼就帶著他，去薩滿二神家。二神是大神的小神，負責給大神擊鼓的。二神是個老爺們兒，他一般是斜倚著炕，抽著煙袋。母親來了，給他獻上一袋煙，二神眼睛都不睜，開始掐算，然後閉著眼睛就給出答案。那時他最驚的夢也不過是馬驚了，要踩踏他；天上的烏雲變成龍了，飄飄悠悠要抓他；或者，滿天星斗變桃花……。按著夢是反的原理，二神多數時候給的答案母親都高興。後來，北方薩滿在特殊年代搗毀殆盡，那個抽煙袋不睜眼睛的二神，被遊街，罪名是裝神弄鬼，喝勞動人民的血，二流子……。他的夢沒有解了。

「師兄，你能給我些啟示嗎？」

「你知道我來看你了嗎？」

師兄曾給過他多少思想的啟示啊。那時，無論見面，還是電話，師兄慢慢的南方普通話，已經成了他一個人的聖經。有困惑，必和師兄通個電話。「此時，鳳竹兄弟，你走到了哪裡？」思念，讓他胸膛裡的那顆心臟，又開始狂跳了。趙迅慢慢坐回床邊，用右手捂著胸，神情哀傷，像一個哀傷的基督徒。

坐了一會兒，他站起來。在他的左方，是一方精緻茶臺，上面有雅致的茶盅，他把一隻小茶盅，慢慢地斟上了礦泉水，想了想，又斟一隻。把兩隻對一起，心說：「兄弟，如果你接受我的敬，就喝下。」

以茶代酒，以水代茶。

他突然淚如泉湧。

這樣嘩嘩地流淚，還是母親去世時，有過。他使勁地閉上了眼睛。

再睜開時，茶臺上那兩隻杯子，斟過水的，竟然空空如也。

還微微顫動。

他看了看四周，沒有人，什麼都沒有。四壁發出「嘎兒嘎兒」的響聲。他不好意思對著空曠說話，雖然可能師兄的魂就在他周圍。母親去後，他每次祭奠，擺上香供一聲都不吭。姐姐和哥哥能跟母親說很長時間的話，就像對著活人。他呢，一直做不到，不好意思。現在，他依然是這樣。

再把兩隻盅續上，眼睜睜地看著。那兩隻小盅，過一會兒，又什麼也沒有了。

趙迅深吸一口氣，穿上衣服出門了。

偏居東南的福海鎮，這幾年已經是世界聞名的富裕之鄉。在這裡盛產玉，一種剔透如蛋青般爽滑的玉。那條流了千百年的河，像上天拋下的一條玉帶——夕陽要落的時候，河面粼粼的波光像鋪滿的一層金幣。就連河裡的沙子，都是碎金樣的，細小，閃亮。玉石，現在早已翻得連指甲蓋大小都不剩。走在福海鎮的街道，兩旁依然是玉石售賣、玉石加工，還寫著假一賠十。一家一家，趙迅的眼睛不夠使。小鎮再富，也依然是小鎮水準，繁華得粗俗。他看到一些大貨車，尾部就搥到捲簾閘的門口，突突突，裡面在加工壓製，玉石的毛坯。一股刺鼻的甲醛味，內地那些高檔專櫃的玉手鐲、掛件兒，這兒應該就是它們的搖籃。他打消了給二妻小姜買玉鐲的念頭，這幾天他懂得有些飾品，還不只是真假的問題，戴錯了，輕則損害身體，重則，招災呢。

突突突突，所有人都在奔忙。

「大鍋（哥），進來！進來嘛。現在只差你一國（個）！」

南方女人的普通話，他也能聽懂了。奇怪的是這女人怎麼都有那麼粗的嗓門？可能是這裡長年日曬，粗礪的太陽，讓她們的嗓喉也粗礪了。趙迅把臉扭過去，像沒聽見一樣。他有這方面的經驗，到哪裡出差，都要謹慎。不然，跟女人有瓜葛會惹麻煩的，大麻煩。

前妻吳長花說他有女人緣兒，趙迅確實長著一張人見人喜的臉。硬朗的五官，長年運動小夥子一樣的身材。這幾個月，他也多次想，多虧打籃球這一愛好，不然，小命兒可能都沒了。

「大鍋（哥），進來樂一下嘛！就差你一國（個）！」

女人還在叫。趙迅充耳不聞，加快了腳步。

「喪著一張臉，擺給誰看嘛！」

噢，自己的臉是喪著的，剛才出門還照了一下鏡子，確實不好看。兄弟沒了，自己又逢窄門，不，不是窄門，是大坑。來之前，那個中層的會，有級別的會，結束時他都沒意識到自己是怎麼走出門的，又怎麼上到了樓上。樓頂真高啊，站在上面，無遮無攔的風刀子一樣刮人。他挑了塊中間的地方坐下來，是水泥墩，還砌著鐵環，那應該是防火救人的吧。他沒有跳樓的意思，爬到上面，只是想清醒清醒，一個人，待一會兒。

坐在水泥墩上，實在不舒服，他高大的身軀，此時坐下來很窩憋，窩得透不過氣。只得再站起來，走兩步，走到了樓沿兒。這時，他看到前方真是遼闊啊。人世間，竟然還有這樣的風景，從前他怎麼就沒有注意到呢。

師兄說，生死有命，凡事勿強求。造物無言，卻有情。每於寒盡，覺春生。你一門心思求什麼，那一定會吃盡它的苦頭。博不過，它還要反噬你。求官，官職一口一口咬噬你的心。求財，財厚了，身體薄可能又扛不住……。你為什麼拚命，什麼就是你的枷。你背好，背住了，穩穩地向前走，不只是腳下，還有心，要給心一條活路，最後，才能通達。

他自問，自己既沒官迷心竅，也沒財迷轉向，更沒有沽名釣譽。讀了那麼多的書，胸懷理想，也是為理想努力工作的。那時他在機關寫材料，如果那些文字是有效的，他也算著作等身了。全部身心都在工作上，管家和兒子少了，前妻吳長花吼他，說單位就是他的家，領導是他親爹娘！還和他離了婚。即使這樣，也沒動搖他好好做一番事業的志向。廳長周文武走時，安排他進了博物院，學歷史的，又博覽群書，有思想，有水準，這一方院長當之無愧。可是，可是，這就水滿月圓了？才幾年，椅子剛剛坐熱，正在施展拳腳，廳系統召開的這個幹部大會，宣布了他的離開。請他到一個幾乎可以不存在的部門。

研究室，那是那些官府大院，老頭兒們才蹲的窩兒啊。

同事們的目光成了鐵鉤，一鉤一鉤刨得他全身窟窿。副職李曲重，那雙細瞇的小眼睛像兩條蛆蟲。都說他壞，壞得冒煙兒，現在是領教了。平時一口一個「哥」的叫，把他拱翻了他都不知道。

有道又有術，難怪不到四十歲，就一手一臉的白癜，也是太累了。

三十多層樓，他沒有坐電梯，是一步一步上來的。爬了三十多層，竟然沒有覺出腿疼，奇怪。他看著遼闊的遠方，打算給師兄打個電話，說說此時的心情。然後，不等撥出，就接到了二毛兒帶哭腔的電話。

粗嗓門又吆喝過來：「大鍋（哥），進來嘛，就差你一國（個）！」

「就差你一個！」——他一下聯想到早晨的「再上一個，再上一個！」這一聯想讓他渾身一激靈。停住腳猛回頭，看向那個女人，天啊，哪裡有什麼女人，明明是店鋪門口的一個模型。女模沒有臉，沒有五官。

趙迅的汗，又一次下來了。

師兄的老爹家，離集市不遠。前面拐個彎，背後就是了。趙迅用左手攥起了拳頭，拳頭上棱起的骨棱，對著眉心使勁地頂了兩下，這兩天是太恍惚了。

又有女人叫他，是個小姑娘。他開始急行軍一樣向前走。那是個招攬賣玉生意的正經女孩，她對著趙迅的背影嘆了口氣，心想，一定是這些出差的男人被外地人騙苦了、坑慘了，才這般模樣，像鐮刀摟過草的兔子。

趙迅想，一會見到老爹、夫人，他該說些什麼呢？他知道師兄也遭了難，歿於車禍，但蓮蓉一直不肯說那兩個字。福無雙至，禍有時是三行四行，連成串。他來之前，不但在單位受了辱，表弟，在他們家長大的表弟，疼如手足的弟弟，也坑他錢。一根根稻草真的是要將他壓潰了。站在樓頂的邊沿，他的心好舒服，好透澈，再也不那麼憋屈了。他打算將這一份空遼告訴給師兄。掏出手機，正要撳鍵，二毛兒哭腔兒、哭調兒：「你幹啥呀?!你要急死我們呀！你不要寶貝女兒啦？」

問句讓他清醒，他一低頭，天啊，底下那麼多人。丟人丟大了，這些人肯定以為他要跳樓了。嘴上說著：「沒事，沒事，誤會，誤會。」屁滾尿流向下跑。樓頂上已經悄悄潛上來了兩個消防的人，他們嘴裡罵罵咧咧。慌亂之下的趙迅還是忘了摁電梯，順著人行步梯向下奔。他的電話又響起來，以為是二毛兒，不耐煩地皺眉。待看清是師兄夫人，蓮蓉的電話，他的腿一下軟了。

人是有預感的。

嬌細綿軟的南方口聲，像從鋼管壁裡發出來的，幽涼，濕冷。她說：「你師兄不在了。」兩條腿像麵條，站不住了。趙迅索性蹲坐在了樓道的臺階上。坐了好一會兒，都沒動。直到二毛兒的電話再次打來，那兩個消防的警察，扭壞人一樣把他架了出去。

二毛兒問他，要不要這個家了，要不要孩子啦?!嗓門和臉色讓他一下想到了前妻。二毛比他小十多歲，沒結婚時是個嬌娃，這當了老婆，當了孩子的媽，結了婚的女人都一樣。好在二毛兒照顧女兒沒得說，她在醫院工作，成了孩子的全職保健醫。趙迅原諒她所有的小野蠻。女兒洋娃娃一樣可愛，奶香，嗲聲嗲氣，叫他一聲「爸爸」，他的心都化了。女兒就是他的心肝、眼珠！怎麼能不要呢？活著的全部動力，就是她們！

「樓頂遠望」成了事件，單位給他放了假，讓他休息一段。他第二天連招呼都沒打，就來福海鎮了。

昨天，他已經去過殯儀館。看著靜靜躺著的師兄，一個活生生的人，躺在冰冷的抽屜中。師兄胖了些，圓圓的面部，像尊佛。蓮蓉說了，已請人看過，得到下個月的幾時幾分，才能把師兄送到那兒——蓮蓉依然不肯提及火葬場、熔爐、骨灰，她像在說一個生著的人。她把「埋」，說成了「送」。

趙迅看著熟悉的師兄，不能再說話的師兄，不能和他一起喝茶、論道人生的師兄。他的心疼得像在裂璺，可是眼中，卻沒有掉淚。

一切還都像昨天啊。

回到老伯家，這個精瘦但健朗的老人，眼珠一下無神了。他抓住趙迅的手，一直攥了很久。他一定是把他當成自己的兒子了。師兄他們兄弟三個，行三的鳳竹最聰明，也是最發達的。他對外恩濟了那麼多學校，家中，也是他挑起大樑。幾兄弟所有的困難，都是他扛的。現在，這個最讓老人驕傲的兒子，走了，可能是太累了吧，歇歇。老伯失魂凹陷的眼珠兒，讓趙迅久久不知說什麼。

蓮蓉把老人攙扶進屋，讓他休息一會兒。然後，坐在堂間跟他講述。一襲的黑衣，一臉的哀戚，這個有錢人的遺孀竟是這樣地美。趙迅晃了晃腦袋，讓自己的思緒趕緊集中起來，別恍惚。蓮蓉上學時就是個話語不多的女人，現在，她更沉默了。眼神，成了她全部的語言。即使不說話，安靜地坐在那兒，趙迅也明白她的心。師兄娶過這樣的女人，此生不枉了。

靈堂布置得如同佛堂，這時他才看清，蓮蓉的帽子，紗帽，也是佛門女尼的繫法。她明白過來他的疑惑，主動說：「過了事兒，我就皈依。」

遭了大劫的女人，似乎，都要用宗教來撐餘生了。

「孩子還在歐洲嗎？」

「沒有告訴她。」

「怕她受不了。」蓮蓉低下了頭。

又抬起。「怕她承不住啊。」

師兄和女兒的感情，趙迅太深知了。說女兒是父親的轉世情人，他是深深體味的。看著蓮蓉眼裡的哀傷，趙迅也有些悲傷，一切都由她來扛，來承，這個還不到五十歲的女人，薄薄的俏肩，像少女一樣。她又能扛多久呢？

後來，蓮蓉出去，趙迅跟師兄單獨待一會兒，他盤腿坐在地上的跪墊上，兩手抱握，對叉在一起。這是上大學時，恭聽師兄宏論，常有的姿態。一個在那兒講，一個洗耳聽。兩手對叉，或抵鼻子，或抵下巴，入神又專心。他把欽敬給了師兄，師兄又把全部還給了世界。

就那麼默默地坐了幾個小時，走時，原打算第二天要到縣裡去辦點事，可是，早晨的夢，又讓他來了。

小鎮的圖景，有點像他兒時的故鄉。只有一條街道，兩旁涵蓋了所有。小學校，標語口號。幼稚園，還是標語口號。就連那燙染吹、中醫理療，窗上貼的紅字兒，也是一樣的。不遠處，山坡上，有一座小樓，掛著紅牌子，應該是政府的什麼辦公樓，翠柏掩映中像一處避暑勝地。背山向陽，一處好風水。轉過小樓的不遠，就是鳳竹師兄的家，這裡是更上上的風水。

若干年前，這裡還是一厝毛草廈，人都挺不起身，站不直腰。鳳竹畢業後，回到了家鄉，那是最好的時代，也是最亂的時代。鳳竹把毛廈變成了木房，磚瓦結構的小樓。再後來，買下了大片田園，小樓建得有廊有廈，有山有水，湖光山色……，師兄成為了這一方造福百姓的人……

蓮蓉看著他，瞪大了眼睛。她沒想到他電話都沒打，就又來了。驚詫，也有驚喜。他也看她，這是第一次，他這麼近距離地與她對視。他忽然發現，她的這雙眼睛，非常像那個叫袁泉的女星，那是一雙與所有人都不同的眼睛。像上帝給的，裡面盛滿清澈。他直截了當地說，我做了一個夢，夢得很不好。

蓮蓉伸出手來撫他，撫住了他的肩膀，好像還撫摸了他的頭，捋擼著說：「捋捋毛，嚇不著。留住兒，跟媽來……」

蓮蓉那麼矮，他那麼高，怎麼能搆到他的頭頂？

年輕時，個子已經長到一米八，瘦小的母親還不及他的肩。可是他說了他的夢，母親必能撫到他的頭。給他叫魂，敲門框壓驚，用搉過門框的飯勺舀起水讓他喝，一連串，一定能安神，能撫回魂。現在，他看著眼前，蓮蓉娉婷著，端來一杯熱茶，讓他喝。說：「喝下去，喝下去就好了。」

他果然覺得一股清氣，讓身體輕省了些。

他說：「那個趕車人，我看不清他的臉。」

蓮蓉又續了一杯，端給他。

他喝，又說：「剛才路上，那個叫我的女人，也沒有臉。」

蓮蓉輕輕嘆了口氣，說：「你太累了，有什麼憋屈，和你師兄叨咕叨咕吧。」

趙迅給師兄上了三炷香，三炷香燃著後，每一縷都是直直的。直中也略有微曲。他坐下來，還是那樣雙腿盤著，心裡說：「師兄，如果你知我，懂我，就顯一顯。」

那三炷香，像被人大口吸過的煙一樣，一下燃到底。

剩下三根細細的紅柱，轉瞬，倒了，成了灰。

趙迅伏下身，長叩不起。

晚上回到賓館，趙迅又洗了很長時間的熱水澡。出來打開電視，一個特大新聞，兩個相親相愛的國家，突然開火了。炮火連天，那可不是拍電影，分分秒秒，燒的都是人民的血汗。手機上「叮」的一聲，是二毛兒發來的短信，她問他什麼時候能要回表弟那錢，女兒等著交幼稚園的贊助費呢。

雪上加霜。他和表弟就是太相親相愛了，表弟才敢這麼坑他。姑姑走時表弟才三個月，到了他家就像母親再養的一個弟弟。母親對他的好，超過他們幾個親生，因為表弟總說自己夢見滿屋子小人兒，三根頭髮，拇指高，一蹦一蹦。母親說：「這孩子是沒媽嚇破了膽了，嚇掉了魂兒。」所以，更格外疼他。

他倆年齡挨近，形影不離。高中早戀，老師告了家長，父親揮起大棒教訓他，表弟跑上去英勇一擋——胳膊擋折，從此情感帳戶上連本帶息，他永遠都補付不完。表弟的婚姻也破過一次，剩下的時候女人就不固定了。細竹竿兒一樣的身形，病怏怏。他給表弟錢，前妻吵過，現在的二毛兒也為這事吵。趙迅拿他當手足，當那隻斷過的胳膊。表弟在銀行工作，天天跟錢打交道的人，卻染上了賭嫖。他借了他的錢，說急用。然後再問他時，他說沒了，炒股賠了。

他能坑他，打死都不相信。然而，這是事實。

這根稻草壓得他心理崩潰。如果說單位的副手李曲重傷的是他的精神，那麼表弟，害的就是他的感情。都親如兄弟過，都情同手足，這樣血肉凝結，卻有一天要撕裂——他看著電視上的炮火，突然想到了「邊界」，一個國家舉著長槍短炮打到另一領土，就是說他們侵犯了邊界。

看來人與人之間，跟國與國，是一樣的。

邊界不清，早晚兵戎相見。

趙迅又來到窗前，窗外的綠植很多他都叫不出名字，其中一株，葉子寬大披散，而樹幹很細，細得還沒有胳膊粗。那披散的葉條，像鳳尾。這是不是就叫鳳尾竹呢？微風襲來，葉片開始輕輕搖擺。師兄上學時，人稱人中鳳。兄弟，這一株鳳尾竹，是你嗎？

正搖擺的竹，停下來，不動了。

一絲都不晃。而別的樹葉在嘩嘩響。

師兄，來生，來生我們還會相見！

那株樹的葉片和枝幹同時搖曳起來……

第二天早晨，趙迅醒來得早，一夜無夢。二毛來電話，說女兒想他了。女兒在那邊奶聲奶氣地叫爸爸，問：「爸爸你什麼時候回來呀？我太想你了。」

融化的心變作一陣暖流。

二毛又說，昨天在醫院碰見李曲重了，說複查，長的東西邊界不清，再看看。凡是邊界不清的腫瘤，都不好。

回程的飛機上，一想到腫瘤也講邊界，趙迅嘴角浮起苦笑。腫瘤的邊界模糊，都要人命。看來，邊界不是個小問題。迷迷糊糊中，他睡著了，像是在樓道裡，一堆人在等電梯，電梯來了，人們擁著往裡擠，都想升高。電梯發出「滴滴滴」的鳴響，門口老頭兒喊：「下來一個，再下一個！」

——沒人願意動，那老頭兒一伸手，把趙迅薅了下來。

——寫於二〇二二年三月　大益莊園

二〇二二年四月修訂於石門

寂寞沙洲冷

1

她早上出門的時候，警覺著後背上兩隻黑豆般的眼睛，不出意外，她一定會在她等電梯的時候，慢慢爬上來。她住的是「L」型走廊，她家在L最底端，一號門。她每天，無論出還是進，都要經過L的拐彎處，也就是二號女人家。二號門是小戶型，不通風，黑豆女人的丈夫在門上摳了個電視屏大的方洞，用來通風，也兼女人瞭望的窗口——外面看裡面是暗的，裡面望外面卻洞若觀火。她常常趴在貓眼上，看她的出門進門，上班下班。

好像沒等來那兩隻「黑豆兒」，她一陣輕鬆。電梯來了，進，用鑰匙杵一層的摁鍵。地面汪著一灘黃液，多虧戴了口罩，饒是這樣，鼻腔也絲縷湧進了臊味。她使勁地屏住呼吸，一直堅持到出來。

「這麼鑿（早）哇，省板兒曲（上班去）哩？」——黑豆女人原來在這裡。這麼早就出來乘涼了，不用工作的人真是幸福啊。劉雲心裡感嘆，嘴上虛應著：「妳早。」時間並不早了，九點多，她這樣的上班客，在單位已算散漫破落戶了。「逮扣找不顯捂的哼（戴口罩不嫌捂得慌）？」——黑豆女人很願意說話，這是她們農村女人的習慣，不管對方熱不熱情，見面打個招呼，哪能像不認識一樣呢，鄰里鄰居的。

她回答不了怕不怕捂的問題，還是虛應著，淺笑，點一點頭，鶴一樣的長腿嗖嗖就蹈過去了，像是上班多著急的樣子。她在心裡說：「現在我總算明白了，她們說話為什麼那麼不好懂，原來，她們的每一個字兒，都不在板兒上。每一個音不落在應有的位置，便是難懂的方言，嘰哩呱啦外語一樣。」

快走，奔車庫，口罩上的眼睛冷若冰霜，甚至，還有幾分趾高氣揚。只有她自己知道，她每天活得像老鼠。和黑豆女人比，她有工作，她沒工作；她有工資，她月無收入；她甚至，還人五人六地有時坐一坐主席臺，而她，天天只是蹲在家裡的農村婦女。一個社區，她們像兩個國度：不說普通話的，是城中村原住民；說普通話的，基本是外來戶，上班一族。待她走遠了，可以聽到後面嘰哩呱啦的聲兒漸弱。她知道，她們在嘲笑她，笑她們這些城裡人：「這個時候了，這叫上的什麼班呢？都九點多了，嘻。」

劉雲讀過魯迅的書：「早上出門，趙貴翁的眼色怪怪的，似乎怕我，又似乎想害我。」——她當然知道黑豆女人既不怕她，也不會想害她。只是，有一點小瞧，小瞧她們這些城裡的女人：「別看妳每天周周正正的，到底咋樣，我知道！」

2

蹬蹬蹬，上到四樓，沒有電梯，老群藝館，就是這樣一座破廟。劉雲儘量放輕著腳步，也儘量讓氣息喘勻。她的辦公室，像她的家門一樣，也是在走廊的盡頭，她差不多每天，要路過所有人的辦公室，包括廁所。馬麗的屋，照樣嘎嘎呱呱，傳出比鴨鵝還響亮的笑聲，這表明她們很開心，敢於這樣放肆地笑，也證明了她們的工作環境，順暢，主人翁，與領導關係和睦。每天，她們基本是以單位為家的，家裡怎樣，這裡就怎樣，基本不用拘禮。劉雲曾跟女友武紅說：「一個文化單位，天天的，就像街道大媽！假積極，表演著幹，這樣的藝術遲早要完蛋！」

「像街道大媽就對啦！」武紅說，「完蛋，也不是妳該操心的，妳又不是領導。那麼多國企都完了，事業單位，有那一天也不稀奇。」

「不過，天塌大家死，倒閉了，妳正可以自由，妳不是就盼著那一天嘛。」武紅又說。

武紅曾是她的同事，群藝館的專業舞蹈老師。年輕時就勇於探索，不喜歡這種混著來的單位，停職，下海，創辦了自己的幼兒才藝學校。如今，雖然不大富，卻得大自在。二十年的日月，優哉游哉，飯碗也有，個人的愛好也得享受。劉雲每每嘆息，自己鼠目寸光啊，捨不得鐵碗——籠雞有食，湯鍋也燙人啊。

吳館長的門半開著，瘦高的牛青青正雙手捧遞著什麼，吳館隔了桌子伸手接。劉雲突然惡作劇，一步跨進去——她要看看今天牛青青又在孝敬什麼。青青和她一個辦公室，算同齡。當年同時來的單位，同樣的工作量，現在，青青是著名專家，省管人才，劉雲還副高都不是。青青現在正努力攻堅藝考中心主任的位子，如果成功，剛蓋的那棟小樓，就是她的天下。到時候，所有的考生、所有考生的家長，都是她的菜。

聽到聲音，青青和吳館同時怒目回視，青青歪著小脖，大鵝一樣。吳館的臉上除了怒，還有奇，他奇怪她膽子怎麼這麼大，不經同意就進來了。劉雲也沒有解釋，她直直地看著青青的手，上面空空。對面的吳館兩手插兜，正在談工作一樣。中間隔著的紫檀大桌子，上面摞著很多書，書形成了巷道。劉雲很想伸脖探望，就像黑豆女人早晨查看她一樣，伸了兩伸，什麼都沒看見，卻聽得微弱的噹啷聲響——那應該是薄塑片，和抽屜的木頭接觸的聲音。

「妳有事嗎？」吳館長威嚴地問。

「啊，我找她。」劉雲一指牛青青，轉身走了。

吳館嘴角掠一絲冷笑。全館一百多號人，他最痛恨的就是眼前這個鬼魅一樣的劉雲，你不知道她什麼時候來，什麼時候走。人家馬麗、牛青青，不管胖瘦美醜，都是肉做的，有人味，更有下屬的樣子。而她，天天寡著一張臉，上班下班，像啞巴。偶爾眼睛看向你，目光空空洞洞，又似有無盡曲折，看得你骨頭縫兒都冒涼風。不怪她評不上職稱，不怪她群眾關係不好，不怪她沒有男人。這樣的女人，活著都多餘！

劉雲轉身走了，牛青青也沒有多待，話說了，事辦了，剩下的，就交給領導了。這方面，她有經驗。她丈夫就是某單位的頭頭，在她家，也經常出現這種場面，接待丈夫的下屬。劉雲不懂規矩，不怪她倒楣！

青青走後，吳館也在思忖：「劉雲都這個年紀了，還不懂上下尊卑，生活懲罰她，是她必交的學費！」

小吳館，很年輕，剛剛四十歲，就官拜了正處。本來心情是不錯的，志向也遠大，可上級部門把他派到這樣個單位，他是懊惱的。每天看那些婦女們扭扭搭搭、散散漫漫，嗑瓜籽，吃零食，他打心眼兒裡厭煩！還群眾文化呢，就是養一幫閒婆子！小吳是從大機關下來的，做過人事幹部，在對付人上，他有一套，管他是老辣的爺們兒還是難纏的女人，他都能對症下藥。要開展工作，先得把人治服、治老實了，他狠狠地整治了幾個月，見奇效。從前，群藝館不坐班，現在，天天滿員。從前，大家不請示、不彙報，現在，他的辦公室每天關不上門。從前那些女人扭扭搭搭，現在，都規規矩矩。就連評職稱的規則，也重新打破——還想按時間的順序耗，人人有份，做夢吧！吳館長從切實關係到每個人的利益入手，一刀一錘，一鋸一斧，沒用上半年，新面貌出現了，走廊上天天候著兩排，等待接見，等待談話。青青今早早早地來，排在了第一號，由此可見她在這方面的經驗。

青青坐下，問對面的劉雲：「妳找我有事？」

劉雲拿起公共水壺，準備去打水。她說：「也沒什麼事，就是看看妳在幹什麼。」這樣的實話，讓青青突然沒了話。她懶得看她，心說沒有正常家庭的女人，就是這麼古怪。她摁開了自己的電腦，準備材料。四四四人才，前幾天吳館通知讓她報，只有一個指標，報誰是誰。她今早也算知恩圖報。

劉雲打回水，燒開，給自己倒了一杯，看青青的杯子空著，也給她倒上。青青說了句「謝謝」，態度是大人不計小人過。劉雲坐下來，桌上的電腦是壞的，報修幾次，辦公室人都不理她。吳館看不上的人，大家自然也知道該用什麼臉色。電腦不能用，她來上班，基本是坐著，看看閒書，玩一會兒手機。

今天，她沒有多少心思看書。早上黑豆女人的眼神，昨晚老蘇的夜半摔門，都讓她心情不好。家庭不正常，這是很多人背後給她的定語。一個人生活，就叫不正常嗎？她時常的這樣問自己，問蒼天。

劉雲喜歡藝術，那時她還在棉紡廠，兩隻手比梭子都快，上面接線頭兒，下面兩隻腳芭蕾一樣點著腳尖，愛唱歌，會跳舞，還會編快板書。進群藝館後，十幾年光陰，相聲、評書、快板書，就像汽車淘汰的馬車一樣，沒人需要了。現在的群藝館，就是一個有些權力也算有錢的行政單位，群藝館的同事，似也被歲月掉了包，都沒什麼專長，也沒什麼本事。馬麗連五線譜都不認識，卻當著音樂學科的帶頭人。青青呢，她現在是劉雲的上級，又是領導又是專家的，劉雲不拿她當上級，心裡稱她街道大媽。她也不算小吳館的下級，準確地說是貼身老媽子。

群眾藝術弄成了這樣，都是你們這些馬屁精搞的！劉雲眇了青青一眼，心想，天天溜鬚，多累啊。這麼難幹的事，你們怎麼還越幹越有癮呢？青青知道劉雲的心思，她根本不屑理她，一心一意地整理材料。人生的一個又一個階梯，這個連家都沒有的女人，怎能懂?!

劉雲是個被藝術弄傻了的女人，她確實沒有丈夫，蘇老師兼著她的丈夫、老師、男友。他們認識的時候，蘇老師有兒子，有妻子。時間流過十個年頭兒，蘇老師的兒子長大了。再十年，蘇老師的妻子過世了。又十年，他們亦師亦友，亦友亦夫……。昨晚，老蘇從她家裡半夜走掉，黑豆女人應該附在門鏡上看了很久。農村女人樸實，她曾經當著面問過她：「褶葛縱來底打葛，是膩什麼忍哪？——這個總來的大哥，是妳什麼人呢？」

那時，劉雲剛搬來這個社區，城中村，誰也不認識，精神上格外輕鬆。面對新鄰居，她根本不在乎，大膽提問，她就大膽回答：「是男人！」覺得有些簡約了，又補充了一句：「他還有個家。」

「他，還有一個老婆？」黑豆女人更驚詫了。

「不是，他爸他媽家，他們都老了，需要他照顧，他有時住那邊。」劉雲說。

黑豆女人相信了，可是慢慢地，她又感覺出了什麼，悟到了什麼，因為老蘇來這裡，並不規律，有時三個月一次，有時，半年沒影。哪有這樣的男人呀！城裡女人花樣真多，可是再花樣，也沒這樣的。

昨晚，劉雲把黑豆對她的質疑、不解，甚至嘲笑，都轉化成怨氣，撒給了蘇老師。蘇老師這兩年長了脾氣，因為他已經是蘇副校長了。劉雲的火力有點猛，蘇副校長可不受這個，他雲淡風輕地站起身，輕蔑地看了她幾眼，當時都快十二點了，蘇老師穿起輕薄衫衣，飄逸離去。

走廊裡，又傳來更響亮的笑聲。她們天天，為什麼這麼高興呢？在笑什麼呢？我怎麼就笑不出來？「把藝術單位幹成了街道大媽」——她這樣的話不但傳進了牛青青的耳朵，也傷了馬麗的心。吳館長對她的制裁，是不給她評職稱，不讓她漲工資。曬著她，晾著她，還必須天天來！整治人，吳館知道從哪裡走刀。

3

他之毒藥，我之甘飴。劉雲並不怕閒著的狀態，相反，她還略略喜歡。她覺得馬麗、牛青青，她們才不容易呢。每天，要換著樣地跟這個小八零後逗咳嗽，那個活兒輕嗎？不輕！沒話，找話。沒樂兒，逗樂。估計伺候兒子也沒這麼累！在家裡，她們也這樣對待丈夫嗎？劉雲看著臉被電腦屏擋住了的牛青青，青青丈夫也是領導，前些年，青青上班喝的高級咖啡、吃的上好優酪乳，都是別人孝敬她家的。那時她們都年輕，兩個人的聊天還是女人對女人，年輕的女子與另外的年輕女子，她們聊男人，聊內心的感受。青青說過她與丈夫的狀態，不打也不鬧，平時各睡各屋。錢可以隨便花，愛，比較難。

今早，她給小吳館的禮金卡，應該是別人給了她家，她供給吳館長，吳館長拿回去給老婆，老婆再孝敬給她單位的頭目，頭目再給小情人，小情人又與某人有關係……，循環往復，會不會有一天，這張卡又回到青青的手裡？——很多人忙忙碌碌，大家不過是一場搬運工。想到這，劉雲笑了。

青青不理她。手指的敲擊，讓劣質鍵盤響得劈哩啪啦的。劉雲促狹，說：「牛主任，妳們要評的這個四四四，是哪四四四呢？」

青青說：「自己查。」

劉雲低頭用手機一查，還果真有。當上了四四四人才，月月漲工資，一生吃用不盡啊。不過，青青家的日子已經那麼好了，她還這麼玩命，人啊，真是說不清。劉雲知道她的心思，當上四四四，只是一個附加，青青的目標，是直取新成立的那個中心主任，當上了那個主任，才是真正的核心。

「發票啦，發票啦，晚上七點票，人民劇場！」辦公室小楊在走廊扯著脖子喊，她在挨屋發票。到了劉雲這兒，問：「劉姐，妳去嗎？」

劉雲說不去，停了一下又加一句：「我晚上有事兒。」

補一句謊，表明劉雲並不像她自以為的那樣理直氣壯。小楊知道她在撒謊，她自己也知道自己扯了謊，不去，不去夜晚的劇場填空兒，看那一點也不好看的戲。這樣的拒絕，像犯罪，也理虧。

青青接過票來說：「票多吧，我要兩張，晚上跟我家老梁一起去。」

「牛姐，妳家老梁對妳真好。」

青青哈哈笑了，那笑聲，跟馬麗一個分貝。這表明，她們的人生都在春風得意中。

大家每天演戲撒謊，劉雲的謊言是為了少受罪，青青則是假積極，表演她多麼熱愛工作，支援本單位的工作。她家老梁，根本不會陪她看什麼戲，連平時買東西，都不陪她。她這樣多要一張票，無非是演給同事看，也演給小吳館。而真正到了晚上，劇場裡如果大家湊到了一起，她一定會「哎呀」一聲，說她家老梁今天太忙，忙得還沒有下班呢！

看戲本來是享受，可弄了幾十年，現在的晚上看戲成了任務。沒有真實的觀眾，沒有票房，劉雲常常質疑這樣戲曲生產方式，包括單位存在的意義。她跟武紅討論這些，武紅說：「妳可千萬別跟別人探討這個，大家本來看妳就不正常，妳若再這麼說，更像精神病了。」

「她們才精神病呢，她們全部都有病。」

劉雲把椅子向後靠了靠，兩腿搭上桌子，這個電影上黑幫老大的坐姿，她放肆地用了。有點虛張聲勢，也有點破罐破摔。

馬麗一陣風似地從走廊飄過，她是去吳館長辦公室請示工作了。看個戲，也要請示彙報。馬麗花哨的燈籠褲，像一隻蘆花雞。這個單位的女人，不做頭髮，不看電影，不穿時尚裙裝，也不怎麼抹口紅。她們基本什麼都不做，每天只是館長叫幹啥就幹啥，跑來跑去。

4

快下班時，劉雲收拾東西，一天的時間，就這麼過去了。忽然，辦公室小楊又挨屋通知，吳館召開緊急會議，要傳達上級的一個精神。是安全生產。

文件內容很長，吳館長親自唸。劉雲無聊，又開始東張西望。橢圓桌坐著一圈人，都是隨遇而安的表情。椅子背很空，沒有靠墊坐著非常地累，劉雲勸自己，再累，不也就是開個會嘛，坐著，總比站著強。事業單位，就是熬日月。吳館唸累了，撂下文件，擦了一把汗，山中之王一樣傲視一圈，心說：「我一個人唸，你們享受著聽，便宜死你們啦！」

安全的問題，對那些水利、電力，應該是重中之重。政府部門，維穩，也應該警惕。而群藝館，一個三層的小破樓，幾十號人天天蹲裡面就是玩玩電腦、喝喝茶，有什麼不安全的呢？若要注意，只是下班時，拿單位當自家一樣，把電源都關掉，就沒什麼隱患了。

一股劣質脂粉香，是牛青青那兒傳來的，她剛才聽說開會，就掏出粉餅到臉上撲了撲。這麼有錢的女人，依然用地攤貨。青青不挑剔，她差不多是有什麼使用什麼，比如她家裡有人送ＬＶ包，她就拎ＬＶ包；單位發便宜的旅遊鞋，她就穿那雙醜陋的鞋。這一點，馬麗跟她差不多，一隻馬尾從二十歲，梳到了五十歲，省事兒型人生，渾身上下，除了那條紮馬尾的皮筋兒，再找不出一件女性飾物。她們的表情都很素，這麼枯燥的文件，能一直伸著脖子聽。劉雲看了一眼自己的左手，無名指上是一枚亮晶晶的鑽戒，切功不錯，反著五彩的光。指甲也細細修過，淡粉色。手沒有長期被洗碗水泡過，顯得很年輕，沒有一道道的青筋。頭髮，也是乾淨的，不管她多麼不熱愛這個地方，每天來，都要把自己打整好，收拾得像個女人。

「像女人也沒用，照樣沒丈夫。」她們背後說。

「妳們倒是有，看看妳們，活得多省事兒。頭髮爆著就爆著，油著就油著。說上班，穿上衣服就走，連鞋子也不必考慮。這麼省事兒的活法，難怪每天嘎嘎笑個沒完，輕鬆啊！」劉雲心裡反駁。

5

回家開門時，那兩粒黑豆是盯牢自己了。劉雲索性後退一步，像早晨闖入小吳館辦公室那樣，對著二號門，突然大聲地叫：「小文！」

黑豆女人應聲從門後出來。她姓文，丈夫姓武，她們是城中村的受益者。每天，丈夫上班，兒子上學，女人天天家裡坐。分得的三套房，值千萬。黑豆女人已是千萬級富婆。

「打界（大姐）。」小文對著她說。

「膩舔舔瞎板兒枕造哩（妳天天下班真早哩）。」

劉雲說：「不早了，單位沒食堂，我得回家吃晚飯。」

「摻哩？晌板兒還灌飯（咋哩，上班還管飯）？」

她們群藝館比不了政府機關，中午只是有外訂的盒餐。吃不好，劉雲現在早餓了。她說：「管也吃不飽。」

黑豆女人問：「打界，我吻膩，妳假打革，臥怎抹號就看不撿塔哩（大姐，我問妳，妳家大哥，我怎麼好久看不見他哩）？」

農村女人樸實，又一次忍不住好奇。

這一回，劉雲有點臊得慌。住這麼久了，再撒謊，她都不好意思。可是也得繼續，她說：

「哦，他得回去照看他媽。他爸他媽年歲太大了，動不了。」說完這句，逃一樣回屋了。對這個問題，她問一次，她就這樣答一次，像壞學生抄作業。

劉雲脫鞋換衣服、洗手。然後，她沒有去廚房，而是坐到了書房。老蘇今天不會來了，昨天她的斥責，估計他的臉皮夠養上半個月。

坐到書桌前，發了一會呆，伏下來，打算寫一篇日記。剛拿起筆，有個陌生電話打進來，一接聽，是一個久不聯繫的女幹部。劉雲記得幾年前，群藝館舉辦一個什麼大賽，她為女兒來過她們館。她女兒還獲得了名次。

女士報告給她一個好消息，她說她的女兒，已經留在北京了，戶口也落上了，單位是一個中央級的院團。

留在北京？還落上了戶口？劉雲記得她的女兒是學古箏的，學了十年，也才識得簡譜。前年聽說去英國留學一年，就有了研究生學歷。騰挪幾挪，留在了北京？真了不起。劉雲吃驚著。

女士說：「我現在和女兒一起住著呢。我打算回去賣兩套房子，來北京，先給她買一套。我們以後養老，也來北京。北京這裡養人呢。」

「那，妳現在還用上班嗎？」劉雲問。

「一個區機關，能有多緊呢。跟頭兒搞好關係，什麼都好辦。」

「妳陪著孩子一直在北京？」

「肯定得這樣啊，別看她三十了，還是孩子，我不陪著不行，北京的水多深呢。」
劉雲靜默了，她想：「妳給我打電話，是就為報告孩子留在北京嗎？」
女人接著說：「她爸也來北京了，到上級單位幫忙，能幫四五年呢，一直幫到退休。我們一家三口，就不分開了。」
劉雲有點懵，她們這麼得意的日子，人人都非常得意的日子，為什麼要告訴她呢？她猶疑著：「妳是不是，要找馬麗？」
馬麗是當年的評委之一，她女兒獲獎，馬麗有功。
女士說：「我找牛主任，想要一下她的電話。聽說她去藝考中心了。」
靈通啊。青青還在努力中，她們已經聞風而動了。
女士說，她女兒戶口也落下了，工作也站住腳了，接下來，該拚名氣了——「妳們藝考中心會聘請一些特約專家的，牛主任不知好不好說話。」
劉雲說：「妳女兒拚名氣，在北京搞多好呢？」
「不行啊，她資歷還淺，北京這兒平地太陡，得先從各省來……」
後面的話，劉雲就聽得飄忽了，她在走神兒，這個女人得花多少錢，憑什麼本事，把女兒辦去了北京？還落上了戶？這樣想著，她竟像傻黑豆女人一樣，直通通地問：「辦這些，妳花多少錢吶？」
「花多少錢也得辦！」女人說，「現在錢這麼毛，留在手裡是傻呢。辦工作，辦戶口，錢就變成了工作、戶口。北京的戶口值錢啊，像房子一樣，不但保值，還增值呢！」

這樣犀利的想法，像一道閃電，劃破了劉雲家的夜空。與此同時，她的屋內，真的掠過了一道黑色閃電！劉雲嚇得「媽呀」一聲，她說：「這是什麼呀？」剛才接手機是踱步在客廳，現在，她嗖地一下，躥進臥室，關上了房門。

只聽那東西撲隆撲隆地在客廳裡亂飛、亂撞。是鳥兒？燕子？劉雲把門拉開一道縫兒，只見那黑色的小閃電，小飛機一樣俯來衝去。劉雲嚇麻爪兒了，長這麼大，她也沒見過這東西。她是北方人，不知道那東西叫蝙蝠。門縫兒不敢開大，只見那黑色的小閃電衝累了，衝不動了，才在客廳的棚頂一角，消停下來。

劉雲的眼淚都下來了，她把電話打給武紅。武紅說：「這下知道沒有男人的害處了吧？遇到點事兒，還是得有男人。安安心好好找一個吧。不過呢，我現在說什麼也晚了，遠水解不了近渴，妳先找一下老蘇吧。」

「找他？」劉雲賭氣地掛斷了武紅的電話，心說，「找他會以為我是在求和呢，更得意了。找他還不如找黑豆。」

劉雲奓著膽子，走過客廳，像穿越敵人的戰場。她怕那隻黑色的閃電，襲到她頭上。縮頭聳肩，快速開房門，走到L的直角，邊敲二號門邊喊：「小文，小文。」黑豆女人像是專門等她一樣，一下就打開了房門。問她：「打界，什麼史（大姐，什麼事）？」

她已經眼淚汪汪了，說：「家裡進了東西。」

黑豆女人勇敢，說：「臥鹹看看（我先看看）。」就隨劉雲進屋了。

她們倆都小心翼翼，劉雲又躲進臥室。黑豆女人伸脖看了看，明白了。她說以為是蛾子，要是蛾子她就能弄死。可棚頂壁角上的，是蝙蝠！

劉雲一下就嚇軟了，怪不得像耗子披了件大氅呢，實在難看。

黑豆女人退後幾步，說：「不沾。」不沾就是不行的意思。她回家把丈夫叫了過來，小武先生穿著線褲——看來是躺下了，被從被窩兒叫起來的。他不言不語，觀察了一下說：「給我一個掃把，再給我一雙手套。」

小武從前種地，現在是社區保安。他的行動狠準有力，只一下，再一下，兩隻胳膊掄圓了，那東西就掉到地上了。披大敞還仰躺著，真嚇人。小武抓在手裡，眼睛看著劉雲，意思是：要不要把牠捏死？

劉雲歪著身子，半邊臉對著小武，說：「別別，讓牠出去就行了。」

她太怕這類東西了。

小武捏著牠，像抓住一個黑球，一手拉開紗窗，一手一拋，那東西便生死由命了。

黑豆夫婦熱心，他們又把劉雲的屋，仔細察看了一遍，紗窗閉合很好，蚊子都進不來，這個比燕子還大的蝙蝠，是怎麼進來的呢？劉雲恐懼地向房頂望著，黑豆女人臨走，說：「打界，膩又福哩（大姐，妳有福哩）。」

她們把蝠與福同音。

劉雲心下感激著女人，心想：「剛才差點沒被嚇死，能有什麼福呢？」這樣想著，她去冰箱取出了一盒水果，又到衣櫃，拿了一件挺好看的絲衫，她打算去她們家，答謝。

戶型小，不通風，大半夜的，兩口子還開著門，對坐在小炕一樣的沙發上，嘮嗑兒納涼。他們膝蓋對著膝蓋，臉對著臉，也許是議論剛才的蝙蝠，也許是在說什麼家常，臉上是那麼滿足、安詳。劉雲忽然心痛，這樣的夫妻，這樣的表情，這份幸福生活，只有小時候，在父母的臉上看到過。如今，已經很久很久了，沒有體味過這份人煙。劉雲沒有繞彎，走上前獻上心意。黑豆女人收下了水果，絲衫堅決不要，她說：「摁悶綁點兒忙，可補使偉了要懂芯兒底（俺們幫點忙，可不是為了要東西的）！」

「再說了，那樣的衣裳，俺也穿不慣！」

6

回到屋的劉雲，許久許久都沒睡著。她默默地洗臉，默默地刷牙，默默地躺到床上，然後，默默地想一些往事。黑豆夫婦盤腿對坐的場面，讓她覺得自己像個女阿Q，多少次，還嘲笑人家說話不在板眼兒上，沒有文化。阿Q不就嘲笑城裡人煎大頭魚不放蔥段放蔥花嗎？五十步笑百步，現在是倒過來了。黑豆女人的幸福，自己這一生，都不會有了，不僅僅是女人男人的問題。武紅勸誡她找個男人過大家眼裡的正常日子，什麼樣的日子是標準正常呢？青青的丈夫只出錢不出愛；馬麗呢，她那位只出力不出錢；剛才打電話的那位，女幹部，她倒是馭夫有術，抓到全科男人出錢出力還出愛，還出心……，這個女人和孩子是進了人間天堂了。可惜，生活無法照抄照搬，過去的，永不再回。就像人體離開了子宮……

——二〇二〇年六月寫於石門

貓空－中國當代文學典藏叢書10　PG2808

土豆也叫馬鈴薯
——曹明霞短篇小說集

作　　者	曹明霞
責任編輯	孟人玉
圖文排版	陳彥妏
封面設計	陳香穎
出版策劃	釀出版
製作發行	秀威資訊科技股份有限公司 114 台北市內湖區瑞光路76巷65號1樓 電話：+886-2-2796-3638　傳真：+886-2-2796-1377 服務信箱：service@showwe.com.tw http://www.showwe.com.tw
郵政劃撥	19563868　戶名：秀威資訊科技股份有限公司
展售門市	國家書店【松江門市】 104 台北市中山區松江路209號1樓 電話：+886-2-2518-0207　傳真：+886-2-2518-0778
網路訂購	秀威網路書店：https://store.showwe.tw 國家網路書店：https://www.govbooks.com.tw
法律顧問	毛國樑　律師
總 經 銷	聯合發行股份有限公司 231新北市新店區寶橋路235巷6弄6號4F 電話：+886-2-2917-8022　傳真：+886-2-2915-6275
出版日期	2022年12月　BOD二版
定　　價	340元

讀者回函卡

Printed in Taiwan

國家圖書館出版品預行編目

土豆也叫馬鈴薯：曹明霞短篇小說集/曹明霞著.
-- 二版. -- 臺北市：釀出版, 2022.12
面； 公分. -- (貓空-中國當代文學典藏叢書；10)
BOD版
ISBN 978-986-445-741-0(平裝)

857.63 111017365